ベリーズ文庫

明治蜜恋ロマン

～御曹司は初心な新妻を溺愛する～

佐倉伊織

JN211426

STARTS
スターツ出版株式会社

目次

明治蜜恋ロマン
～御曹司は初心な新妻を溺愛する～

序章

矢絣《やがすり》の着物に海老茶色の行灯袴《あんどんばかま》。そして編み上げ革靴。

髪はうしろ髪の上の部分だけをひとつに結わえて、小豆色の大きなリボンをつける。

憧れの女学校の制服は、いつ着てもときめきが止まらない。

週に一度。多くて二度。私、一橋《ひとつばし》あやがこの恰好をできるのは、姉の初子《はつこ》さんが恋人との逢引《あいびき》を楽しんでいるほんの二時間ほどの間だけ。

半年ほど前、私と初子さんが茶屋で団子を食べながら文学談義をしていたとき、初子さんはうしろに座っていた新聞記者の周防公平《すおうきみひら》さんと意見の食い違いからなかば喧嘩になった。しかし、なぜかそれから意気投合して、惹かれ合うようになったのだ。

といっても、華族として生を受けた初子さんと新聞記者の周防さんは身分の違いから、頑固者の父・重蔵《じゅうぞう》の反対に遭うことは目に見えていて、こっそり隠れて会うことしかできない。彼女はどこに行くのか言伝《ことづて》してからの外出しか認められていないので、私を伴って買い物に行くということにしてある。

一橋家の娘ではあるけれど、わけあって初子さんとは違い女中のようなことをしている私が、周防さんと会う間、初子さんと入れ替わることを提案したのだ。

華やかな着物では目立ちすぎるため、初子さんは私の粗末な着物を纏《まと》い、そして私は初子さんの袴をはいて入れ替わったあと、こっそり家を抜け出すことにしている。

女学校に行くことが叶《かな》わなかった私にとっては、初子さんの逢引を隠すためとはいえ、別世界に浸れる至福の時間だった。

袴姿でちょっとすました顔をして、街中をうろうろするのが楽しくてたまらない。

街の中心を横断するように悠然《ゆうぜん》と流れる大きな川にかかる橋にはアーク灯。

東西に延びる大通りにはモダンな造りの西洋建築。あれは銀行だ。せわしなく人が出入りしている。

この街も数年前まではさほど栄えてはいなかったが、少し離れた街にある大きな紡《ぼう》績《せき》会社『津田《つだ》紡績』がすさまじい勢いで業績を伸ばしていて、その結果、工場への雇用が増え、経済的に潤うようになったんだとか。

なんでも、社長の息子が積極的に陣頭指揮を取るようになってから海外との取引がうんと増え、国の上層部も注目しているらしい。

私にはそんな話はピンとこないものの、父や母が『津田さんのおかげよね』なんてよく話しているので、よほどすごい人なんだと思っている。

街の中心から少し離れたところには線路が敷かれていて、運がよければもくもくと煙を上げて走る蒸気機関車がうっすらと見える。

どうやら電気で走る電車なるものもできたようだけど、まだ目にしたことがない。

私は街を歩く人たちを眺めながら想像を膨らませるのに夢中になった。

あっ、あの人も華族かしら。それともお金持ち？

声に出しはしないが、人間観察に心躍らせる。

制帽に詰襟、そして金ボタンの学生服を着て、背筋をピンと伸ばして歩くふたりの男性は、私よりもずっと背が高い。きっと帝国大生だ。ということは、上流階級の人だろう。

私と同じ海老茶色の袴をはいた女学生〝海老茶式部〟もちらほらいる。

女学校に行けるのはほんの一握りの選ばれた人間だけの特権だ。その権利があるかどうかは、生まれ落ちた瞬間に決定する。家柄の良し悪しがすべてだった。

それから街中を歩き始めると、たくさんの商店に目を奪われる。

いつも言いつけられた買い物にはやってくるものの、時間が限られているためお目当ての店に一直線。こんなにゆったりと歩いたことなんてない。

「あっ、洋服の仕立て屋さんだわ。ミシンよね、あれ」

いつもは用がないので通り過ぎる店から、カタカタカタという軽快な音が聞こえてきて、窓から中を覗くと店主が白い布をミシンで縫っている。

繕い物はよくするけれど、もちろんミシンなんて使ったことがない。どういう仕組みになっているのか興味津々。

私は店主の作業をたっぷり観察したあと、移動した。

次に目に入ったのは籠屋さん。ここでは一度籠を買ったことがある。その店頭で店主が見事な手つきで籠を編んでいく様子をじっと見つめる。

「いらっしゃい」

「あっ、ごめんなさい。客じゃないんです。おじさんが編んでいくのが速くてびっくりして」

客ではないと言ったのに、店主は嫌な顔をせず対応してくれる。

「もう慣れてるからね。やってみるかい？」

「いいんですか！」

うれしくて声が上ずる。

それから手ほどきを受け、少しだけ編ませてもらった。

「なかなかうまいじゃないか。だけど、きれいな着物を着たお嬢さんが、こんなことに興味を持つなんて珍しいねぇ」

しまった。初子さんの代わりをしていることなんて、すっかり頭から飛んでいた。

「あはは。おじさん、ありがとう！」

私は曖昧《あいまい》に笑ってごまかし、店を飛び出した。

「あっ、いけない……」

遠くから蒸気機関車が近づいてくる音がする。

家の中で家事に追い立てられているときとは違い、好きなことをしていられる時間があまりに楽しくて、初子さんとの約束の時刻が迫っていることに気づいていなかった。今日は、あの蒸気機関車が通る頃には合流しなければならなかったのに。

時計を持たない私は、どこかの店先にある時計を盗み見するか、太陽の位置で大体の時間を把握していたが、そんなことをすっかり忘れてはしゃいでいた。

ああ、この夢中になると他のことを忘れる性格をなんとかしなくては。

反省を胸に、初子さんと落ち合う約束をしている神社に向かうため、袴を少したくし上げ走り出すと……。

「キャッ」

目前をすごい勢いで通りかかった人力車の車輪が、昨日の雨のせいでできていた水たまりの水を跳ね上げ、私の――正確には初子さんの、矢絣の着物と顔にかかった。

「止めろ」

すると、それに気づいた人力車の客が車夫に声をかける。

てっきりそのまま走り去るとばかり思った私は、拍子抜けしていた。

「すまなかったね。大丈夫かい？」

人力車から降りてきてハンカチーフを差し出したのは、上質な三つ揃えを着込んだ紳士だった。

二重で切れ長の存在感のある瞳。そして長めの前髪の間からチラチラと覗く凛々《りり》しい眉。スッと筋の通った鼻に、薄い唇。

西洋の匂いが漂うその人は、私がそのハンカチーフを受け取ることをためらっていることに気づき、サッと顔にかかっていた水を拭き始める。

「あっ、自分で……」

慌てて紳士を制し、ハンカチーフを受け取った。

こんな間近で男性の顔を見つめたことがなく、それだけで固まっていたのに、ハンカチーフ越しであれど、触れられたとなれば焦らないわけにはいかない。

私はそのハンカチーフで、まずは着物を拭き始めた。

「まだ顔が濡れているよ」

「ですが、着物のほうが大切なので」

借りている着物が自分には似つかわしくない高級品だと知っているので、至極当然の返答をしたつもりだった。しかし紳士は、「はははっ」と声をあげて笑い出す。

「どうかされました?」

「きみのほうが大切だよ。着物は買えるだろう?」

そうつぶやく彼は、私の手からハンカチーフを奪い返し、また顔を拭き始めた。

『きみのほうが大切』と私に言ったの?

思いがけない言葉に呆然《ぼうぜん》として、なすがまま。

「これでよし。着物も洗濯をすれば平気だと思うが……一応新しいものが買えるように」

彼は内ポケットから紙幣を取り出して、私に握らせた。

「えっ……いただけません!」

「どうして? 俺がきみの着物を汚したんだから、当然だ」

そんなことを言っても、手には十圓券が二枚握らされている。

十圓なんて大きな紙幣を手にしたことがなく、口をあんぐり開けてあたふたした。

「足りないかい？」

「な、なにをおっしゃっているんですか？　いただきすぎです」

社会の仕組みについてあれこれは知らないけれど、尋常小学校の一年目の先生の月給が八圓だと聞いていたので、このお札が価値あるものだということだけはわかる。

「汚したのは俺だ。いいから取っておきなさい。余ったら好きなことに使えばいい」

「お金があっても、使い方がわかりません！」

動転している私は、大きな声を張り上げた。

そもそも、買い物に行くのは家のものをそろえるときだけ。好きなものを買ってもいいと言われたことがなく、なにを買ったらいいのか見当もつかない。

すると紳士のほうが目を丸くして、しばらくしたのち、ククと笑みを漏らし始めた。

「女学校に行っているのだから、それなりの家柄のお嬢さんだと思ったんだけど違うのかな？」

「あっ！」

しまった。今は初子さんのふりをしておかなくちゃいけなかったのに。

私は焦り、目を右往左往させる。

「お金があるのは父と母ですから。私は自分で稼いでいるわけではありませんので、与えられるものに感謝して、つつましさを忘れるべきではないと思っておりまして」

「なんとしっかりしたお嬢さんなんだ」

「い、いえっ……」

とっさの発言に食いつかれて、嫌な汗が出る。

けれども、口にしたことは本当の気持ち。一橋家が華族ともてはやされても、それは所詮《しょせん》家柄の話で、自分の努力の結果とは違う。

日々食事ができて着るものを与えられていることも然り。私自身が働いて得た対価で購入したものではないので、当然だと受け取ってはいけないと思っている。

ただし、私は最低限の生活が保障されていることについて感謝しているのであって、おそらくこの身なりの整った紳士が考えているような次元ではない。

「きみの言う通りだ。俺も商売をしていてそれなりに稼がせてもらっているけど、従業員の頑張りがあって初めて成り立っている。そうしたことに感謝して、おごり高ぶることなく地に足がついた生き方をしたい」

柔らかな笑みを浮かべてそう口にする彼は、従業員を抱えるような超上流階級の人なんだとわかった。

だけどそんな人が、私の気持ちに共感するとは驚きだ。しかも、それほどのお金持ちが『地に足がついた生き方』って……。

でも、その考え方は素敵だと思う。

「それより、急いでいるようだったけど、大丈夫？」

「あっ、忘れてました。失礼します」

初子さんと待ち合わせている神社に行かなければ。

頭を下げざまに、紙幣を紳士に押し付けて去ろうとすると、腕をつかまれて止められた。すると、握られた部分が途端に熱を帯びてきて、全身が火照《ほて》ってくる。

ふたつ下の弟の孝義《たかよし》とは手をつないだことはあるものの、男性とこんな接触をしたのが初めてで、激しく動揺する。

「きみの考え方はすこぶる立派だが、これは俺が汚したんだ。どうしても受け取ってくれないのかい？」

「せ、洗濯は得意ですから、気にしないでください。それより行かないと……」

しどろもどろになりながら答えたけれど、手を離してくれない。

あまり遅くなって、初子さんと入れ替わっていることがばれてはまずいのに。

「きみは、空を飛び回る鳥のようだね。一瞬でも気を抜いたら、あっという間に空の向こうに飛んでいってしまいそうだ」

彼はそんなことを口にしながら、緩やかに口角を上げる。

この人、優しそうだわ。

ふとそんなことを考えて、頬を真っ赤に染める。

どうしてこんなに胸が苦しいのかしら……。

その原因がわからないまま抵抗する力を緩めると、ようやく腕を解放された。

「わかったよ。それではこれは引っ込める。だけど送っていくから乗って」

「いっ、いえ……」

「それじゃあこれを受け取るか、どっちがいい？」

先ほどとは違う意地悪な笑みを浮かべる彼は、選択を迫る。

「……送って、ください」

どうしても紙幣を受け取れないと思った私は、ついに観念して返事をした。

「どうぞ」

だけどスッと手のひらを差し出されて、目をパチクリさせる。

もしかして、握れと？

人力車くらい、いくら袴をはいていたとしても、ひとりで乗り込めるのに。

そう思ったけれど、もしかしたら女学生にとってはこれが普通なのかもしれないと、恐る恐る手を伸ばす。

「あはは、なんだか変わったお嬢さんだね。こんなことくらい、いつもしているだろう？」

やはり、そういうものなのね。

「そ、そうですわね」

必死に平然とした顔を作って手に手を重ねると、思いがけずギュッと握られて目が真ん丸になる。

初子さんたちはこれが日常なのよ。動揺しちゃいけないわ。

必死に自分に言い聞かせてみたものの、鼓動が速まるのを止められない。

一方彼はずっとクスクス笑っていて、なんだか楽しそう。

「それでどこに行くんだい？」

「神明《しんめい》神社に」

行先を聞いた彼は、平然とした顔で車夫に「出せ」と指示を出す。

しかし私は、男性がぴったりとくっついて隣に座っているという信じられない状況に、卒倒しそうだった。

けれど、緊張したのもつかの間。

人力車に乗るのが初めての私は、その風を切る心地よさに一瞬にして虜《とりこ》になった。

「うわぁ、気持ちいい」

雨上がりの真っ青な空を見上げて、思わずつぶやく。

「えっ、人力車に乗るのは初めてではないだろう？」

あっ、しまった。またやってしまった。

「そ、そうですわね。今日は格別、ということです」

しどろもどろになりながら返すと、彼も空を見上げている。

「そうだな。格別だ。隣にこんなに美しい女性がいるんだからね」

なんとおっしゃったの？

女学生の恰好をするだけで、『美しい』というもったいない褒め言葉をもらった私は、息をするのも忘れていた。

なんて幸せな時間なんだろう。でも、家に帰ればそれも終わってしまう。

「どうかしたの？」

「い、いえっ」

突然黙り込んだからか、彼が顔を覗き込んでくる。

こんなに近い距離で視線を感じると、胸が苦しくなるからやめてほしい。

「きみの笑顔は本当に美しいよ。仕事で少々いらだっていたんだけど、もやが晴れたようだ」

「なにかあったんですか？　あっ、いえ……なんでもありません。すみません」

とっさに首を突っ込みそうになり、慌てて発言を取り下げた。

誰かが困っていると気になる性分はどうにもならないけれど、出会ったばかりの人の話にかかわるなんて図々しいにもほどがある。

「ははは。面白い人だ。少し馬鹿にされただけだよ。もう慣れてはいるけど、腹が立つのは抑えられなくてね。まだまだ未熟者だ」

「そんな。馬鹿にされたら腹が立つのは当たり前です。未熟なのは、馬鹿にした相手ですわ！」

鼻息荒く返してから、またやってしまったと口を押さえた。

「いいね。きみと話していると心がスッとするよ。ありがとう」

「い、いえ。とんだお転婆ですみません……」

声を小さくして言うと、彼は白い歯を見せた。

「それはそうと、急いでいるということは、約束でもしていたの？」

「はい。十七時にと」

彼は背広の内ポケットから銀色に輝く懐中時計を取り出して、時間を確認している。

「あと二分しかないじゃないか。これはどんなに急いでも遅刻だな」

「二分！　送っていただいてよかったです。時間がわからなくて」

こうして送ってもらわなければ、神社まで全速力で走っても私の足では十五分くらいかかるので助かった。

「なるほど。それじゃあこれをあげよう」

優しく微笑む彼は、時計を私に握らせる。

「えっ、そんな。いただけません！」

「でも、また遅れるぞ？　それにこれはさっきのお詫びだよ。いくつでも持っているから気にしないで」

いくつでもって……やはり相当お金持ちなんだわ。

「これはときどきねじを巻いてやらないといけない。そうでないと使いものにならなくなるから気をつけて」

紳士は私に無理やり時計を押し付けた。

「ですが……」

これはいったいいくらするんだろう。

懐中時計なんて身につけたこともないので、見当がつかない。

「きみはさっきから俺の申し出を拒否してばかりで、少々失礼だ。受け取りなさい」

ビシッと叱られた私は、小さくなって時計をギュッと握った。

怒っているのかと思いきや、彼はニコッと笑みを浮かべてなぜか熱い視線を送ってくる。

「ほら、もう着いたぞ」

「はい。ありがとうございました」

神明神社の近くで人力車を降り、深々と頭を下げる。

「ああ」

「それと……一生大切にします」

懐中時計を握りしめて伝えると、彼は笑みを浮かべて口を開いた。

「きみは珍しいくらい奥ゆかしいご令嬢なんだね。こんな安物いらないと言われるかと思ったよ」

「まさか……」

女学校に通うお嬢さまたちは、そうなんだろうか。

「そんなに喜んでもらえると俺もうれしい。それに、短い間だったけど楽しかったよ。さて、時間がないので失礼する。出しなさい」

車夫に声をかけた彼は、そのまま走り去った。

「あっ、名前もお聞きしなかったわ……」

懐中時計を見つめ、ハッとする。もしかしてああやって叱って、この時計を受け取らざるを得ないようにしたのかしら。

それにしても、どうしたんだろう。心臓がバクバクと音を立てて暴れ回り、自分ではどうすることもできない。あの優しい笑みが頭にこびりついて消えてくれない。

初めての感覚に首をひねりつつ、試しに時計の蓋《ふた》を開けてみると、中にはなにやら文字が刻まれていた。だけど英字なので、なんと読むのかわからない。

「あや、遅いわよ」

そのとき、神社の境内から初子さんの急かす声が聞こえてくる。

「ごめんなさい」

私はとっさにその時計を胸元に隠し、初子さんのもとへと走った。

出生の秘密

明治三十一年。

子爵《ししゃく》一橋家の娘としてこの世に生を受け、十六になった私は、毎日の掃除が嫌いではない。

お屋敷の廊下をタタタッと雑巾《ぞうきん》片手に駆け抜けるのは、お茶の子さいさい。

「あや、廊下の掃除をさっさと済ませて、庭を掃きなさい」

奥の十二畳もある広い部屋から声だけで指示を出すのは、母・みねだ。

母は、私が音を立てて廊下を掃除するのが苦手らしく、母の部屋の近くだけは足音を立てないように気をつけている。

それでも敏感な母は気がつき、なにかと仕事を押し付けてくる。

「わかりました。お母さま」

ひとつ上の姉・初子さんは、小さな頃から一度たりとも雑巾がけなんてしたことがない。

だけど、私は文句を言ったりはしない。自分の立場をわきまえているからだ。

――私が自分の出生について知ったのは、尋常小学校の四年生のときのこと。

「お団子がひとつ余ったわね。孝義はもういらないと言っているし……。どうする、あや？」

弟の孝義は、団子はあまり好物ではないのかいつも残す。ひとつ残った団子をめぐり、姉妹《きょうだい》喧嘩が勃発《ぼっぱつ》した。

「この前は初子さんが食べたでしょ？　今日は私」

「そうだっけ？　でも、かりんとうはひとつ多めにあげたじゃない」

「私、かりんとうよりお団子のほうが好きなの。初子さんもそうでしょ？」

私と初子さんの喧嘩の声は、廊下まで響く。

すると女中頭のまつが飛んできた。

もうすぐ四十になる彼女は、二十年近く前から一橋家に仕えていて、私たちの世話も彼女が中心になってしてくれた。

「まあまあ、喧嘩なんておやめくださいませ。おふたりは、一橋家のご令嬢なんですから」

まつは『ご令嬢』と口にするものの、一橋家は落ちぶれること甚《はなは》だしい。

父は子爵という爵位を持ち、宮内省に勤めている官僚だ。しかしその父の浪費癖がたたり、祖父の代は女中が二十人もいたのに、今やまつを含めて三人だけ。

それでも、華族であるがゆえ、それなりの品格を求められている。

「だって初子さんが、お団子をくれないんだもの」

「あやだって！」

もう少しで取っ組み合いの喧嘩になりそうになったとき、「あや！」という母の大きな声がした。

すると、まつはスッと部屋の端に寄り、小さく頭を下げている。

「はい、なんでしょう？」

私は、叱られるなら初子さんも同罪だと思いつつ、母を見上げる。

「この家のものは初子と孝義のものです。あなたはおこぼれでありがたいと思いなさい」

母の言葉が納得できない私は、口を開く。

「どうしてでしょう？　三人で分け合えばよろしいと思います」

正論を述べたつもりだったのに、母の眉がキリリと上がった。

「そのふてぶてしい態度。あの女そっくりね。あなたは初子と同等の立場ではないの。身の程をわきまえなさい。今後、初子にたてついたら追い出してやるわ」

今日は母の虫の居所が悪いようだ。それはおそらく、父が母の欲しがっていた着物を買わずに、他で散財してきたからだろう。

「同等の立場ではないとは、どういうことですか？　初子さんは姉ですから、もちろん違いますけど」

姉に譲れと言われていると思ったのに、『あの女』とはどういうことなのか、見当もつかない。

「妾《めかけ》の子ってことよ。芸妓《げいぎ》の血を引くなんて、一橋家の穢《けが》れなの！」

「奥さま、どうかそれ以上は。あやさまはまだ九歳でいらっしゃいます」

まつがとっさに私を庇《かば》ったものの、母の怒りは収まらない。

「まつ、あなた暇《いとま》が欲しいの？」

「……いえ」

凄まれて意気消沈したまつは、うつむいた。

「妾……」

そんなことは初耳だったので、呆然としてなにも言えない。

母は、怒りの形相のまま部屋を出ていった。

「私……お母さまの子じゃないってこと？」

ポツリと漏らすとまつは顔をそむける。つまり、嘘でないということだろう。

「あや、お団子食べていいわよ」

初子さんは気遣ったのか、団子ののった皿を私に持たせた。

「ううん。これは初子さんのお団子よ。私は、初子さんとは違うんだって」

冷静に言葉を紡《つむ》ぐと、彼女は顔をゆがめている。

でも、不思議と怒りや悲しみという感情が湧き出てくることはなかった。それどころか、今までのもやもやがストンと晴れた気がして、妙にすがすがしい気分だ。

そっか。私は歓迎されて生まれてきた子じゃなかったんだ。お母さまに愛されるわけがないんだわ。

母は、ずっと私には冷たかった。

食事の作法を初子さんが間違えても、言葉で注意されるだけ。だけど私には容赦なく手が飛んだ。ときには、箸をうっかり落としただけで顔が腫れるほど叩かれた。

他にも……初子さんにはどんどん新しい着物が与えられたが、私は初子さんの着古しばかり。次女だから仕方がないと思っていたけれど、おそらくそれが理由ではなかったんだろう。

「ううん。これはあやのものよ。私、意地悪したわ。この前は私が食べたんだもの、今回はあやの番。あやは私の妹なんだから。いい？　あなたと私の関係は変わらないのよ」

初子さんと私は、こうしてつまらないことで喧嘩をするとはいえ、とても仲のいい姉妹だ。常に一緒に行動して、同じ遊びをし、大切なものは分け合ってきた。

だからだろうか。初子さんのほうが動揺して、焦点が定まっていないように見える。

母には冷たくあしらわれてきたけれど、私はこの家にいられて幸せよ。初子さんのように優しい姉がいるんだから。

私は自分にそう言い聞かせた。

「初子さんありがとう。お団子はいただくわね。でも私、明日からまつと一緒に働きます」

母に嫌われているとわかったからには、初子さんや孝義と同じように一橋家の子の顔はしていられない。

「なに言ってるの？　あや、お母さまには私がお話しして、今まで通りにしていただくわ。だから……」

初子さんは私の肩をつかみ、必死に訴えてくる。

彼女の申し出がうれしくてたまらない。だけど、このまま違和感を抱えながら生きていくのもつらい。母に手を上げられるというのは、『あなたに注ぐ愛などない』と言われているかのようで、ことのほか堪《こた》える。

「初子さん、ありがとう。でも私、そもそも生きている場所が違っていたのかもしれないわ。それより、芸妓ってなにかしら？」

どうしてこれほどまでに冷静でいられたのか、自分でもわからない。もしかしたら、母の子ではないかもしれないという疑いを、知らず知らずのうちに心の中に抱いていたのかも。

今はただ、自分は何者なのかを知りたいと思っていた。

妾という意味はなんとなく知っているが、芸妓については知らない。

尋ねてみたものの、初子さんにもわからないらしく答えは返ってこなかった。

「あやさま。あやさまのお母さまは、それはそれは舞踊が上手な方でいらっしゃったんです」

代わりにまつが答えてくれた。

「舞踊が……。それは素晴らしい」

舞踊ということは、母も上流階級の人だったのかしら。

父くらいの歳の人たちには妾がいるのは珍しくないと聞いたことがある。

父は母の美しい舞に魅せられたのかも……。

まつの話を聞いた私は、ぼんやりとそんなことを考えていた。

翌朝は早起きをして、朝食作りをしている女中のところに行き、まずは仕事を観察していた。

「あやさま、よろしいんですよ。学校に行く準備をなさってください」

まつに促されたけれど、娘として愛されないならば女中としてでもいい。十分な働きをして認められたいと決意していた。

母に褒められたい。初子さんのように。

自分を産んだ母ではないとわかり、それゆえ、虐《しいた》げられていたことを知っても、母は母だった。

「学校は行きます。でも、まだ時間はあるでしょ」

私は女中が作った食事をお膳にのせ、大広間に運び始めた。そこに集まって朝食をとるからだ。けれど、その様子を見た初子さんが目を丸くして飛んでくる。

「あや。なにしてるの？」

「なにって仕事です。食事を作るのは無理でも、運ぶくらいのことはできるのよ」

「まだお母さまのおっしゃったことを気にしているのね？　あれはお父さまのせいで虫の居所が悪かっただけよ」

たしかにそうかもしれない。でも、遅かれ早かれこういう日がやってきた気がしてならない。

「初子さん、大丈夫。私、ウキウキしてるんです。誰かのために働けるって楽しいのよ。心配しないで」

ウキウキしてる、というのは少し大げさだった。この先の不安がないと言ったら嘘になる。

でも、もともと体を動かして働くのは嫌いではない。なんとかやっていけると思う。

「あやのそういう前向きなところ、好きだけど……」

「ありがとう。私も初子さんのこと好きよ」

私は彼女に笑ってみせてから、仕事を続けた。

食事を運び終えたあと、家族のいる大広間ではなく、女中と一緒に朝食を食べた。

それに父も気づいたが、なにも言わない。元来、家族というものに関心が薄い人なのだ。そして母からも声をかけられることはなかった。

「行ってまいります」

初子さんと孝義と一緒に学校に向かう私は、いつもと変わることなく笑えていた。

昨日、母に知らされた事実はたしかに悲しかったけれど、ずっと叩かれ続けてきたわけがわかり、胸につかえていたものが取れてすっきりした。

高等小学校に通う初子さんとは途中でお別れ。私は孝義の手を引き、話しかける。

「孝義。これからは初子さんを頼るのよ」

「どうして？」

まだあどけなさの残る孝義は、なにかと世話を焼く私のことが好きらしく、べったりと懐いていてすごくかわいい。

だけど彼のためを思えば、今後は初子さんに世話を頼んだほうがいい。

「私は尋常小学校を卒業したら、もう学校には行かないの。もうすぐ卒業でしょう？そうしたらこうして一緒に通えなくなるのよ」

「初子さんみたいに、高等小学校に行かないの？」

「そうね。行かない。まつのように働くの」

昨日の今日で決めたことだけど、決して一時の気の迷いじゃない。

娘として認められないのならどうすべきか。

私は必死に自分の居場所を探していた。

孝義は私の言葉の意味が呑み込めないようで、顔をゆがめている。

「孝義は、子爵の称号をお父さまから継ぐのよ。しっかりしなさい。ほら、先生がいらっしゃるからもう行きなさい」

複雑な表情の孝義を見送る私は、「よし」と気合を入れ直した。


それから私は、女中と一緒に働き始めた。

学校から帰るとまずは廊下を雑巾がけ。そして、夕飯の買い出しについていき、重い荷物も率先して運んだ。

「あやさまは本当に気がつきますわね。女中たちも最初は戸惑っていたんですけど、あやさまの明るさと働きぶりに、すっかり感心していますよ」

私の横で芋の皮をむくまつは笑顔だった。まだ彼女のようにうまく包丁を使えない私は、いんげんの筋を取りながらおしゃべりを続ける。

最初こそ遠巻きに見ていた女中たちも、私から積極的に話しかけたり、どんな仕事でも引き受けているうちに、すっかり打ち解けてきた。

「まつ。あやさまはやめてって言ったでしょう？　あやでいいの」

「さすがにそれは……」

　雇用主の娘と女中という関係が長かったので、戸惑うのは当たり前。だから私も、時折釘をさすだけにしている。

　けれども、同じ仕事をしているのに〝さま〟をつけて呼ばれるのは、なんとなくきまりが悪い。

「あや。ちょっと私の部屋に来て」

　いんげんの筋を取り終わった頃、初子さんが呼びに来たので、仕事を中断した。

「初子さん、なんですか？」

「ねぇ、これ。あやに似合うと思うの」

　部屋に入るなり、初子さんが差し出したのは、かわいらしい桜の花の絵がついたつげの櫛《くし》。

「わー、かわいい！」

「でしょ？　ほら、つけてあげる」

　彼女は私の背中に回り、髪に挿してくれる。

「い、いいわよ。初子さんのものでしょう？　私は髪もぼさぼさだもの」

　働いていると、服装や容姿を気にしてはいられない。

「だめよ。素敵な女性になるには、身だしなみをきちんとしないと」

「えぇ、でも……」

初子さんはそう言うけれど、子爵令嬢ではなく女中として生きていくと決意した私には関係のない話だ。

「ねぇ、あや。本当に高等小学校に行かないつもり？」

「行かないわよ。私、女中の仕事が性に合っているみたい。楽しいの」

満面の笑みを浮かべると、初子さんは眉根を寄せながらも小さくうなずく。

この家では父の言うことが一番。そして次に母。ふたりに逆らうことは許されない。

まつに本当の母のことについて尋ねてみたものの、人気のある芸妓だったがすでに亡くなっているということしかわからなかった。

それなら、ここで働くしかない。そう腹をくくっている。

「そう。でもね、素敵な女性には誰だってなれるのよ。だからこれはあやにあげるわ」

初子さんは私の黒髪に収まったつげの櫛を見て、にっこり微笑んだ。

尋常小学校を卒業したあとは、朝から晩まで髪を振り乱して働いた。

それでも私は、少しも絶望なんてしていなかった。まつから実の母が舞の得意な美しい女性だと聞かされて、自分もいつかそうなりたいと思っていたからだ。

宮内省に勤めている父は酒好きで、しばしば仕事帰りに飲んでくる。しかも裕福だった頃の生活を忘れられず、その場にいる人たちの分まで支払うという大盤振る舞いが大好きで、散財してしまうありさま。だからか家計を切り盛りしている母の機嫌も、常に悪い。

「あや。洗濯をやり直しなさいと言ったでしょ！」

「すみません。今すぐ」

そんなこと言ったって、障子が破れたから貼り直せと言われ、それをようやく終えたところなのに。

反論したいのはやまやまだったが、ぐっとこらえて返事をする。言い争っても叩かれるだけだから。

「まったく。なんの役にも立ちゃしない」

ふんと鼻息荒く私を叱った母は、そのまま奥に引っ込んでいった。

「まだだめか……」

頑張っているつもりなのに、母は女中としても認めてはくれない。

ため息が出そうになったものの、辛気くさい顔をしていてもなにも生まないと知っている。

笑顔を作り、洗濯を始めた。

けれども……。

一橋家の娘として、いつも初子さんと肩を並べて歩いていた私が、薄汚れた着物を纏い、小間使いのように走り回る姿を見た近所の人たちが、すぐに「妾腹《しょうふく》の子だったんだねぇ」と囁《ささや》き始めた。

『妾腹』の意味が最初はわからなかったけれど、それが決して褒め言葉ではないのは学校に行っていなくても理解できた。

こそこそつぶやく人たちの目が、今までとは違い冷たくなっていったから。

それでも私自身は決して悪いことはしていない。

そういう強い思いがあったので、こそこそすることもせず、堂々と街中を歩いた。

初子の恋

初子さんが高等小学校を卒業して女学校に通い始めた頃には、一橋家が傾きかけていることがあちらこちらで噂《うわさ》になっていた。

「一橋さんのところ、爵位を返上するらしいわよ。落ちぶれたわね」

「旦那さん、財もたいしてないのに、毎日飲み歩いて有り金をはたくんですって。見栄も大概にしておかないとねぇ。みっともないったらありゃしない」

買い物に行った折に耳にする悪口の数々が、私の心を痛めた。

父は自業自得だ。だけど、孝義は？　子爵となるはずの孝義の未来はどうなるの？

このときばかりは私も、弟のことを考えてため息をついた。

そんな生活の中でも、ひとときの息抜きはある。初子さんが女中としてではなく、姉妹として接してくれるからだ。

今日は、初子さんが女学校の友達に聞いたという甘味処に誘われた。

「初子さん。私、甘味を食べるようなお金がないの」

「そんなことは気にしなくていいの。私が払うわ。あやは学校にも通わず働いているんだから、このくらい当然よ」

結局、強く背中を押す初子さんに観念して、店に足を踏み入れた。

「ねぇ、このお団子食べましょう」

彼女の提案でふたりとも好物のあんのたっぷりのった団子を頼み、姉妹としての日常を楽しむ。

「今日ね、女学校のお友達に小説を貸していただいたの。それが面白くて、止まらないわ」

それから初子さんは目を輝かせて小説の話を始めた。だけど、学がない私にはピンとこない。それでも彼女が生き生きとしている様子を見ているだけで楽しい。

「その意見には納得できないな」

初子さんが自慢げに小説の所見を述べていると、うしろに座っていた男性が唐突に振り向き、突っかかってきた。

「な、なんですの？」

「ですから、その意見は間違っています。作者はそんなことが言いたかったわけではない」

それからしばらくふたりの押し問答が続いた。

最初こそ険悪な雰囲気だったものの、少し意見が違うだけでその作品を好きという根本は同じで、初子さんとその男性――周防公平という新聞記者は意気投合し、私をそっちのけで文学談義を交わしている。

私はその間に入りたくても知識がなく、お茶をすすりながら待っていた。

「あっ、ごめんなさい。もう帰らないと」

「きみと話していると時間が経つのも忘れそうだ。こんなに熱くなったのは久しぶりだよ」

周防さんは満足げに微笑む。

「また会えないでしょうか？　他の小説の話もしたい」

「それはうれしいです。……でも男の方に会うために出かけたいなんて、口が裂けても言えないわ」

すでに初子さんが子爵令嬢であることを聞かされていた彼は、残念そうに肩を落とす。

その様子を見て、なんとかしてあげたいと考えた。

「初子さん、私と一緒に出かけることにしましょう。ふたりがお話している間、私が初子さんのふりをしてどこかで時間を潰しています」

母から家の仕事を言いつけられてはいるが、初子さんが強く言ってくれたおかげか、姉妹の時間は持たせてくれる。だからふたりで出かけても、あやしまれずに済みそうだ。

「そんなの、あやに悪いもの。できないわ」

初子さんは首を何度も横に振るけれど、私はにっこり笑う。

「初子さん、なんだかとってもいてるわ。私はそれがうれしいの」

子爵令嬢としての振る舞いを常に求められる彼女は、家でも気が抜けるのは自分の部屋にいるときだけ。〝羽目を外す〟ということが許されないせいか、成長するにつれて笑顔が減っていた。

私は、一橋家の令嬢という枠から外れはしたけれど、自由になったと感じている。まつに頼まれて買い物に出ても、誰に注目されるわけでもなく、好き勝手に歩き回れる。

しかし、子爵令嬢として海老茶袴や艶《あで》やかな着物を纏っている初子さんは、他人《ひと》の目を集めてしまう。常に誰かに監視されているような状態で、なにか騒ぎでも起ころうものならすぐに家か学校に通報される。

今日も、甘味処に他に客がいないからいいようなものの、男性と親しげに話していたなんて密告されたら、ひどく叱られるに違いない。

「本当に、いいの？」

「もちろん」

初子さんは私が妾の子だと知ってからも、以前と変わらず姉妹として接してくれる。そればかりではなく、こうして団子を一緒に食べ、櫛までくれた。

このくらいはお安い御用だ。

「ああっ、うれしい」

初子さんは見たことがないようなはしゃぎっぷり。よほど周防さんと気が合うんだろう。そのあとふたりは、早速次の約束を交わしていた。


次の週、私たちは入れ替わりを実行した。

周防さんに会える初子さんはもちろんのこと、彼女の代わりに憧れの女学生姿で外出できる私もまた、気持ちが高揚していた。学ぶことをあきらめて女中として働くことを決意したものの、女学校で友達と楽しく過ごし、着飾ることができる初子さんのことを、ほんの少しうらやましいと思っていたからだ。

その日私は、初子さんの海老茶袴をはき、彼女と同じように〝マガレイト〟と言われる、三つ編みをしたあと輪にして大きなリボンを結ぶ髪形に整え、もらったものの使う機会のなかったあのつげの櫛を挿した。

「あや、とっても似合ってるわよ。あなたは目が大きいから、女学校でも美人のほうに入るわね」

「ありがとう、初子さん」

褒められてまんざらでもない。

一方初子さんは、私の裾が擦れた着物を着ているが、その恰好のみすぼらしさとは対照的に頬が上気している。周防さんに早く会いたいという気持ちが、ひしひしと伝わってくる。

「行ってまいります」

私の着物を纏った初子さんが玄関で声をかけ、外へと飛び出す。

いつも見送りはないのでばれないとは思っていたけれど、さすがに手に汗握った。

「大成功ね」

「よかった。初子さん、楽しんできてね」

「ありがとう」

初子さんとは近所の神社で別れ、早速探索を開始した。

だけど、女学校の袴姿なのだから、一応子爵令嬢の振る舞いをしなくてはならない。

初子さんに『なにか食べて』と一銭を握らされたので、街の中心をうろうろしてみたものの、なにを食べたらいいのかわからず戸惑っていた。

しかし、食べずとも行き交う人を見ているだけで楽しい。買い物に出たときに何度も見た光景のはずなのに、気持ちが違うと目の行く場所も違う。

「あの人も女学生かしら……。あの三つ揃えの男性、なんだかサイズが合ってないわ」

一橋家の女中として外出しているときは、上流階級の人のことなんてあまり目に入らなかった。まったく関係がない人たちだと思っていたからだ。

でも、この恰好をしているだけで気になりだすから不思議だった。

「おしとやかにって、どうすればいい?」

実母のことを知るまでは、行儀については口うるさく注意され、失敗すると容赦なく叩かれた。だけどそれは、まだ交友関係も少なかった尋常小学校の頃だったので、食事のときの姿勢や父母に対する話し方など、家の中に関することばかりで、外に出たときの作法がわからない。

とりあえず、初子さんの歩幅が自分より狭いことだけは自覚していたので、そうしてみることにした。

つげの櫛に合わせて桜色の着物を用意してくれた初子さんは、周防さんに会えただろうか。ふたりきりのところを見られたらまずいので、どこか人目につかないところで話をすると言っていたけど……。

私はそんなことを考えながら、夜になるとアーク灯がともる大きな橋のたもとで、ひたすら視線を動かして観察を続けていた。

「津田のご子息、すごいらしいな。今まで使っていたミュール紡績機を全部リング精紡機にスパンと切り替えて、生産のスピードを何倍にもして大儲けしているらしいぞ」

そのとき、近くで男性ふたりが話をしているのが耳に届いた。

〝津田のご子息〟というのは、かの有名な津田紡績の社長の息子さんのことだろう。紡績機の違いなんてわからないけれど、どうやら生産性の高い機械を取り入れて成功したという話らしい。

「へぇ、思いきったことをする人だとは聞いていたけど、そんなに切れ者なのか」

「ああ。しかも、その利益をきちんと紡績女工の賃金として分配しているんだとさ。会社の発展は女工たちのおかげだと。まだ二十八歳なんだろ？　若いのに立派な志を持つ人だよなぁ」

それから男ふたりは、あとからやってきたもうひとりと合流して去っていったが、私はしばらくその〝津田のご子息〟のことを考えていた。

二十八歳でそんな手腕を発揮できるなんて、相当優秀なんだろうな。しかも、その利益をひとり占めすることなく還元しているなんて、なかなかできることじゃない。

きっと素敵な人なんだろう。

会ったこともない人に思いを馳せながら、もう一度、整った街並みをぐるりと見渡した。


そしてその翌週にあたる今日も、私たちは入れ替わった。

今日は、マガレイトではなく、耳より上の髪だけを束ね、リボンをつけた髪形にしている。初子さんがこのほうが似合っていると言うからだ。

「それじゃあ十七時にね」

「うん。行っていらっしゃい、初子さん」

銀の懐中時計の紳士に出会ったのは、その日のことだった。

初子さんと入れ替わって街を歩いている時間が最高に楽しいと思っていたのに、彼との短い時間がそれを簡単に上回った。

「なんだろう、この気持ち……」

家に帰り、初子さんから周防さんの話を聞いたあとも、胸の高鳴りが収まらない。

「初子さんと同じかしら？」

彼女が前のめりになって周防さんのことを私に語るように、私も本当はあの人の優しい振る舞いを初子さんに話したくてたまらない。

だけど、彼女ほどうまく話せる気がしなくて、そしてなんとなく自分だけの胸にしまっておきたくて、もらった懐中時計をじっと見つめ、彼の顔を思い浮かべた。

そんな入れ替わり生活が四カ月ほど経った頃。

父に呼び出されていた初子さんは真っ青な顔をして炊事場にいた私のところにやってきた。

「初子さん、どうかしたの？　顔色が悪いわ」

「あや、ちょっといい？」

神妙な面持ちで声を震わせる初子さんのことが心配でたまらず、すぐにうなずき彼女の部屋へと向かう。

その間も小さくなってしまった彼女の背中が気になり、嫌な予感がしていた。

「初子さん、いったいどうした――」

「縁談が決まったの」

初子さんは振り向きもせず、声を振り絞る。

「縁談⁉」

「お父さまからそう言われたの。来週、その方とお会いしなくちゃいけない」

「そんな……」

初子さんが周防さんに惹かれていることは、手に取るようにわかっていた。

最近はその気持ちが加速しているようで、帰りの時間に遅れてくるようになっている。おそらく離れがたいんだろう。

「でも、初子さんはまだ女学生よ。結婚なんて……」

「女学校は中退するのよ。そもそも女に学なんて求められていないの。いい家に嫁ぐことこそ、私の仕事」

私は衝撃を受けていた。

身分の高い家に生まれると、自由に結婚相手を選べないと耳にしたことはある。とはいえ、どこか他人事だと思っていた。まさか初子さんもそうだなんて……。

これが華族の家に生まれた者の宿命なの？　拒否できないの？

「いい家って……お相手はどんな方なの？」

「大きな紡績会社の副社長。跡取りなの。津田行基《ゆきもと》って名前、聞いたことない？」

津田って……津田紡績？　街で噂を聞き、素敵な人だと思ったあの人？

「知ってるわよ、もちろん。この辺りの発展は、津田紡績のおかげだと言われてるわよね」

「そう。幼い頃に弟を病で亡くしていて、津田家の大切なひとり息子なんですって」

そんな立派な家の跡取りとの結婚なら、どんな人でも諸手を上げて賛成しそうだ。

もちろん、一橋の父も母も。

でも、目を赤く腫らしている初子さんがこの縁談をよしとしていないことは一目瞭然だった。

「私ね、この家に生まれたからには、いつかこういう日が来るとわかっていたの。でも、公平さんに出会って――」

次第に声がかすれてくる初子さんは、ポロポロと大粒の涙を流し始める。

その先は聞かずともわかった。やはり初子さんは周防さんに心奪われていたんだ。

「私はどうしたらいい？　初子さんをどうしたら助けられる？」

焦燥感に駆られて大きな声が出た。

一橋家の娘として認められた初子さんなら、父や母側について私を疎《うと》んじてもよかったのに、いつも気にかけ仲良くしてくれた。母に『穢らわしい』と折檻《せっかん》されるたびに慰めてくれた。

そんな彼女のためになにかできないだろうか。

とはいえ……さすがに入れ替わるということはできない。

「あや、ありがとう。無理よ。どうにもならない。もうこの婚姻は確定事項なの」

初子さんの発言を聞き、倒れそうだった。

せっかく大切な人に巡り合い、青春を謳歌《おうか》していたというのに、理不尽すぎる。

「きみにより思ひならひぬ世の中の人はこれをや恋といふらむ」

「初子さん、それはなに？」

突然すらすらと言葉を紡ぐ彼女に驚いて尋ねる。

「在原業平《ありわらのなりひら》という人が詠《よ》んだ和歌よ。この和歌は女性に向けて詠まれたわけではないんだけど……この気持ちがよくわかるわ」

初子さんは目に涙をいっぱい溜め、唇を噛みしめる。

「どんな意味なの？」

私には和歌の心得などなく、理解できない。

「そうね……。あなたに思い知らされました。世の中の人は、これを恋というのでしょう」

「初子さん……」

その解釈を聞いた瞬間、私の目からも涙が流れ出す。

「私、私ね……。公平さんが、好きなの」

頬から顎へと流れ、やがて畳に吸い込まれていく初子さんの涙は、限りなく透明で美しかった。

子爵家に生まれたというだけで、誰かに恋い焦がれることが許されないなんて。

彼女は『こういう日が来るとわかっていた』と口にしたけれど、これほど苦痛を伴うものだとはおそらく知らなかっただろう。

胸が張り裂けそうに痛み、ふたりで抱き合い涙した。

縁談が決まってから一度だけ入れ替わり、彼女は周防さんとのひとときを過ごした。

縁談のことを正直に伝えたという初子さんは、もう涙も枯れ果てたのか泣いてはいなかった。

「周防さんはなんて？」

「なにも言わなかったわ。彼だって大人だもの。縁談を止められないことくらい承知してるの」

周防さんならもしかしてなんとかしてくれるのではないかと一縷《いちる》の望みを抱いていたのに、空振りに終わったようだ。

「恋をした罰が下ったのよ」

吐き捨てるように初子さんが言うので、首を振る。

「恋をするのは素敵なことよ。だって初子さん、こんなにきれいになって……。罰なんておかしいじゃない」

せめて、周防さんと出会ったことを後悔してほしくない。結ばれることはなくても、よき思い出として胸にしまっておいてほしい。

「私……どうしてこの家に生まれたのかしら」

悲しげな表情を浮かべ、ぼそりと漏らす初子さんは、カタカタと歯音を立てていた。


そして、どうすることもできないまま、翌週を迎えた。

今日の昼過ぎに津田さまとそのご両親が一橋家にやってくるという。

私はそのための準備に走り回っていたが、初子さんは部屋から出てこようとしない。

「あや、座敷の準備は済んだの?」

「もうすぐで整います」

「遅い！　あなたのような子を津田さまの目に入れるわけにはいかないわ。さっさと準備して引っ込んでなさい」

相変わらず母が鬼の形相で追い立ててくる。

それでもなかなか手が進まないのは、準備が終わるということは、初子さんと津田さまが顔を合わせる時間になるからだ。まるで初子さんの恋路の邪魔をしているような気になり、私もまた苦しくてたまらない。

しかし無情にも時間が迫り、真新しい上質な着物を纏った初子さんは部屋から連れ出された。華やかな紅色のそれとは対照的に彼女は血色を失っており、いまにも倒れてしまいそうだった。

心配でたまらなかったけれど、母の前で声をかけることができず、私は奥に引っ込んだ。

「津田さまがお越しになりました」

まつの声で、父と母が玄関へと迎えに行く。私はその様子を隠れて見ていた。

せめて、津田さまがよい人でありますように……。

そう願った瞬間、津田家の両親に続き、すこぶる背の高い男性が姿を現した。

「嘘……」

――心にさざ波が立つのを感じる。

だって……。あの銀の懐中時計をくれた紳士だったからだ。

「時計の、人だ。あの人が……」

初子さんの旦那さまになる人なの？

あのとき優しかったことを思い出して安堵を覚えたのもつかの間。今度は妙な胸のもやもやに苦しむことになる。

なんなの、この気持ち。

私が呆然としている間に、津田家の三人と父と母が客間に入っていった。

障子越しに聞こえる会話に、どうしても耳が傾く。しかし、肝心のふたりの声は最初の挨拶以外は聞こえてこず、あとは互いの両親が婚姻について話しているだけ。

「――それでは祝言は二カ月後に」

そうして早くも初子さんの嫁入りが決定した。

こんなにあっさりと、人生の先が決まってしまうの？

もっと当人同士が会話を交わして、理解を深めてからだとばかり思っていたのに。

初子さんが言っていた通り、婚姻は確定事項で顔合わせをしただけ。当人たちの意志とはまったく関係なく進んでいくんだと思い知らされた。

津田家のご子息——行基さんは帰るために玄関に向かう途中で、柱の陰に隠れていた私に気づき、一瞬だけ目が合った。

すると彼は、ハッとしたような顔をして足を止めたけれど、なにかをあきらめたような表情になり再び足を進めて帰っていった。

「初子さん……」

部屋に戻った初子さんに近づいて声をかけても反応がない。

「行基さん、とってもいい人そうじゃない。大丈夫よ」

なぜか彼に会ったことがあることは隠しておきたくて、それだけ伝える。

「いい人だったとしても愛してはいないわ。心を注げないなんて、行基さんにも失礼よ」

初子さんの言葉に、私は顔がゆがむのを感じた。

それからひと月半が経ち、初子さんのための打掛が用意された。

艶やかな朱色の生地に何羽もの鶴が刺繍されているそれはとても華やかで、見ているだけでうっとりするような高級品。

父の散財のせいで祝言の支度もまともにできない一橋家の代わりに、大富豪である津田家がすべて面倒を見てくれたんだとか。

そもそもこの婚姻は、財は成しても爵位を持たず、〝成金〟と馬鹿にされる津田家が、一橋家との縁をつなぐことでその社会的地位を高めるためのもの。

一方で爵位を維持できるだけの財産がなく返上の危機にある一橋家は、津田家の莫大な財産のおこぼれにあずかれるという目論見があった。

金は捨てるほどあるという噂の津田家は、初子さんのために派手な祝言の予定を立てているようだけど、肝心の彼女はその日が近づくにつれ、食べ物が喉を通らなくなりやせ細ってしまった。

女学校も早々に中退し、出かけることもままならなくなった。なにより、婚姻が決まった身で周防さんに会うこともできない。

もう意にそぐわない祝言の日を、心を殺して待つしかない。

「初子さん、お団子ですよ。一緒に食べましょう」

私は励ますために、初子さんの好きな団子を買ってきた。

「いらないわ」

「だめよ。食べて」

無理やり持たせたものの、口をつけようとはしない。

まともに食べていないせいか、頬がこけている姿が痛々しい。

「あや……。私……死んでしまいたい」

「なにを言っているの？　絶対にだめ。行基さんはいいお方よ。お願い、幸せになって」

初子さんの言葉に動揺を隠せない私は、思わず彼女の肩をつかみ揺さぶる。

お願いだから、希望は捨てないで。本当に素敵な人なの。私があの人に嫁ぎたいくらい――。

ふとそんな考えが頭をよぎり、ハッとする。

もしかしてこの前感じたもやもやの原因はこれ？

そんなわけ、ない。初子さんに幸せになってほしいのに。

私は自分の考えを必死に否定する。

「どうして一橋の家に生まれたのかしら……」

何度もそう繰り返し、静かに涙を流す初子さんになにも言えない。

没落しつつある一橋家だけど、彼女は女学校に通うことができた。行きたくても行けない人から見れば、それはとてつもなく幸福なこと。

その一方で、好きな人のもとに嫁ぐことができないという不自由さを抱えている。

結局、どこに生まれれば正解だったのかなんて、誰にもわからない。

ひとしきり泣いた初子さんは、涙を手で拭い私を見つめる。

「あやは幸せになってね。お願い。私は……」

「そんな。初子さんも幸せになるの。私、初子さんの幸せを見たい」

彼女は私の言葉に反応することなく、ただうつむくだけだった。


夕飯の時間になり初子さんを呼びに行ったものの、廊下から声をかけても返事もなければ物音ひとつしない。

「初子さん？　開けますよ」

障子を開けると、初子さんはいなかった。

「どこに行ったの？」

首を傾げつつ部屋の奥へと進むと、机の上になにやら置いてある。

それは、【あやへ】と書かれた手紙だった。

【あやへ

あやと姉妹としていられて、私はとても幸せでした。

いっしょに食べたおだんごはおいしかったわね。もう一度食べたかったわ。

あなたが私の幸せを見たいと言ったとき、気持ちがかたまりました。

私、あの人のところに行きます。

ゆるされないとわかっているの。

私が津田さまとのこんいんをきょひしたら、一橋の家がこれからどうなってしまうのか、そうぞうもつかない。

私のせいで、しゃくいをへんじょうしなくてはならなくなるかもしれない。そうすると、孝義はどうなるのか……と、さんざん考えました。

でも、どうしてもたえられない。

好きでもない人のところにとついで、一生公平さんのことをおもいながら生きていくなんて、じごくだわ。

自分のいしをつらぬき、津田さまにゆるしをこうほうほうがひとつしか思いうかばない。

それでもゆるしてはいただけないかもしれない。

だからあや。おねがい、孝義を守って。

私のありったけの着物もかんざしもあやにあげる。売れば少しはお金になるはずよ。

あや、あなたのおかげであの人に出会えました。ありがとう。

あやもどうか幸せに。

初子】

「なに、これ……」

高等小学校に行かなかった私のために難しい漢字を使わないでくれたとわかる手紙を読み終え、呆然とする。

「津田さまに許しを乞う方法って……。まさか」

体ががたがたと震え出し、呼吸が乱れる。

「嫌よ、初子さん！」

『死んでしまいたい』と口にしたときの初子さんの苦しげな表情が頭に浮かんでは消える。

「だめよ。死んではだめ」

手紙を握りしめ、まつたちがいる炊事場に向かって声を張り上げる。

「お願い、初子さんを探して。初子さんが……初子さんが……」

「あやさま？」

まつは当初、口をあんぐりと開けていたけれど、泣きながら訴える私を見て、緊急事態だと気づいたらしい。

「かしこまりました。皆、初子さまを探しに行くわよ」

そして私たちは家を飛び出した。


初子さんが発見されたのは、翌朝、ちょうど日が上った頃だった。

周防さんと互いの手首をひもで縛った状態で、街の中心を流れる川の下流で見つかったのだ。

葬儀が終わり、土の下深くで永遠の眠りについた初子さんに話しかける。

「私が余計なことを言ったのよね……」

彼女が亡くなってから、あの手紙を何度も読み返した。

【あなたが私の幸せを見たいと言ったとき、気持ちがかたまりました】

初子さんはそう書いていた。

私があんなことを口にしなければ、周防さんのもとに走ろうとは思わなかったかもしれない。

もちろん、私は行基さんと幸せになってほしくてそう言った。

でも、初子さんの幸せは、周防さんとの間にこそあったのに。

私はそれに気づくことなく、背中を押してしまった。

「初子さん……ごめんなさい」

新しい木でできた墓標に触れ、ひたすら涙を流す。

「着物もかんざしもいらないの。初子さんと一緒に、お団子が食べたかった……」

涙が止まらない私は、それからしばらくそこを離れることができなかった。

愛されたい

初子さんがいなくなってから、孝義の落ち着きがなくなった。

それはおそらく、津田家との縁談がなくなってこの先の一橋家のことを心配する父が一日中イライラしているのと、母が我が子を亡くしたという喪失感から抜け殻になり、誰も孝義のことを気にかける余裕がないからだ。

でも私は、初子さんに孝義のことを託された。

母と同じように、いやそれ以上に、初子さんの死が悲しくてたまらず打ちひしがれてはいたけれど、しっかりしなくちゃと心を奮い立たせて日々を過ごしていた。

そんな中で私の心の支えになっていたのは、初子さんにもらった櫛と、あの懐中時計。

時計はねじを巻かねばならず、毎朝欠かさず巻き上げている。

ずっと泣いていようが、次へと進む努力をしていようが、等しく時は過ぎていく。

それなら、明日は笑えるように尽力するほうがずっといい。

「お父さまが、家がなくなるかもしれないと言っていたのですが、本当でしょうか？」

学校を休んでいる孝義は、朝食のあと炊事場の私に駆け寄ってきて、不安を漏らす。かわいそうに。朝食のとき、父がぶつくさ文句を言っていたことを気にしているんだわ。

孝義だって大好きだった初子さんを失って傷ついているのに、これ以上の負担をかけたくない。

「心配いらないわ。いざとなれば私が孝義の面倒くらいみます」

そんなあてはまったくない。

初子さんの着物やかんざしを売るだけでは、彼が帝国大学に行くためのお金など捻出できるはずもなく、今の生活の水準を保つなんて、とても無理な話だ。

かといって、私まで弱気になっては、孝義はますます不安になる。

私は必死に笑顔を作った。

そんなとき、津田家の両親と婚約者だった行基さんが突然訪ねてきた。

もちろん、初子さんが亡くなったことは知らせてある。ただ、津田家には事故で亡くなったと報告してあり、心中ということは伏せられている。

他の男性とのあの世への逃避行だったなんて、とても津田家には言えなかった。

「津田さま。このたびは本当に申し訳なく……」

玄関で出迎えた父は、正座をしてすぐさま頭を下げる。

「初子さんのこと、お悔やみ申し上げます。私どもも一橋家とご縁を結べると思っておりましたのに、残念です。せめて線香を上げさせていただければとお邪魔した次第です」

どうやら心中だったことは気がつかれていないようだ。

丁寧に弔辞《ちょうじ》を述べた津田さまは、行基さんとともに、父に案内されて仏壇へと向かう。

私はとっさに座布団を人数分用意して、ろうそくや線香も並べた。

そのとき、行基さんと一瞬視線が絡まったけれど、すぐに逸らした。

あのときの女学生だと、気づかれてないわよね……。

うっかり顔を出したことを後悔した私は、焼香のあとのお茶出しはまつに頼んで、廊下で聞き耳を立てていた。

「一橋さま。本日伺いましたのは……。実はあらぬ噂を立てられ、少々困っておりまして」

津田さまが口火を切った瞬間、背筋に緊張が走る。

「噂、と申しますと……」

父の声が心なしか震えている。

おそらく初子さんの死因を隠しているからだろう。

「はい。行基の婚約者が他の男と身を投げたと。結婚相手が行基では不足だったのだと。とんだ泥を塗られたものだ」

やはり、隠し通すことは無理だったんだ。

「そ、そのようなことは……」

「相手は周防公平。新聞記者だそうですね。行基はそれ以下だということですか」

津田さまは声を荒らげる。

そこまで完璧に調べられているとは。

「初子は、そそのかされたんです。どうかお許しください」

父が情けない声を出している。

違う。初子さんは自分の意志で周防さんと旅立ったの。

彼女はそんなに馬鹿な人じゃない。

私は初子さんの名誉を守りたい一心で、客間の障子を開けた。

「津田さま。初子さんをどうかお許しください。津田さまとの縁談が持ち上がる前から、ふたりは恋に落ちておりました。一度はあきらめ苦しみ――」

正座をして頭を下げながら口を開く。

「あや。なにを言っている。お前は出ていけ！」

父に途中で遮られて怒鳴られたが、引くわけにはいかない。

「初子さんなりに、津田家にご迷惑がかかることを悩んでいました。そして、心を注げないなんて、行基さまにも失礼だと」

「あや！」

ついに父が駆け寄ってきて着物をつかみ、血走った目でにらみつけてくる。

「お前はなんと失礼なことを。この馬鹿者が！」

殴られる。そう覚悟して目を閉じたものの、着物から手が離れた。

そっと目を開くと、行基さんが父の手を止めていたので、ハッとする。

「初子さんは私のことまで気にかけてくれるような、お優しい人だったんですね。ふたりの間を引き裂いたのは私のほうです」

行基さんの発言に、客間に静寂が訪れた。

「あやさんとおっしゃるんですね。失礼ですが、どこかでお会いしたことは？」

次に行基さんは私に質問してくる。

「い、いえ……。先日お越しいただいたときに、お目にかかったのかもしれません」

本当は、人力車に乗せてもらったときのお礼を言いたかった。

でもあれは女学生姿の私。本当の私は、行基さんとまともに口をきいていい身分ではない。

「そうですか……」

行基さんはなぜか肩を落とし気味につぶやく。

「初子さんに妹がいるという報告を受けましたが……」

次に放たれた津田さまの言葉に、動揺する。

「い、いえっ……」

母がしどろもどろになりながら答えている。

「このまま津田家が馬鹿にされたままではどうにも困る。縁談の相手は最初からその妹だったことにして、心中とは関係がないとすれば丸く収まるのではないかと考えたのですが、ガセネタでしたか」

私との、縁談？

「い、妹はこのあやでございます。あやは働くことが大好きで、どれだけ止めてもこうして女中のようなことをするんです。ですが、気立てのいい娘です」

父の手のひらを返したような発言に目を丸くする。

「あやは学もないんです。津田さまに失礼――」

「黙りなさい、みね」

口を挟んだ母を一喝した父は、津田家と首の皮一枚でつながったと安堵しているに違いない。これで爵位は守れると。父にしてみれば、この申し出は渡りに船だ。

「女に学問は必要ないでしょう。そのようなことは気にしませんよ」

津田さまはそう言い放ったが、行基さんが首を振る。

「父上。地位にこだわるのはもうよしてください。初子さんは私のせいで亡くなりました。あやさんにも想う方がいらっしゃるかもしれない。地位がなくても、私が会社を盛り立ててみせます」

私に想い人なんていないのに。心が動くとしたら、行基さん、あなた――。

こんな状況でも初子さんをいたわり、私のことまで気にかけてくれる。あのとき感じた優しさは、本物だった。

行基さんの発言に、津田さまは険しい表情を隠そうとしない。

「お前はなにもわかっていない。お前ひとりの問題ではない。このままでは津田紡績の何千人もの従業員が所詮下衆な人間の集まりだと辱《はずかし》めを受けるんだ。お前もそれがわかっていたから、縁談を承知したのだろう?」

地位や名誉がそんなに重要なものだとは。

そういえば、懐中時計をもらったとき、行基さんは『馬鹿にされただけ』なんて言っていたけれど、そういうことだったんだ。

でも、そのために初子さんが逝《い》ってしまったと思うと、悲しみをこらえきれない。

「その通りです。しかし、人の命を軽んじてはいけません。従業員は必ず私が守ります。ですから――」

「お受けします!」

行基さんの言葉を遮り、とっさにそう叫んでいた。すると、彼は目を丸くして私を凝視している。

「私でよろしければ、そのお話お受けします」

他に好きな人がいた初子さんとは違う。行基さんの人となりを完全に知ったわけではないけれど、この人となら恋ができるかもしれないと思った。

それに、これで孝義の将来も守ることができる。これ以上にいい選択肢なんてない。

「ですが……」

行基さんは戸惑いを隠そうとせず、首を横に振る。

「あっ、申し訳ありません。私では困りますよね」

勢いで『お受けします』なんて口走ったけれど、それは私の都合。初子さんと同じように、行基さんにも想う人がいて、それをこらえての婚約だったのかもしれない。

なにより一橋家の正統な娘として育ったわけでもない私が、こんなことを言う権利はなかった。

唇を噛みしめると、行基さんはふと真剣な眼差しで私を見つめる。

「すみませんが、あやさんとふたりで話をさせてください」

ふたりで？

行基さんの提案に仰天して、目を瞠《みは》る。

「承知しました。こちらへどうぞ」

おそらくこの婚姻をなんとかしてまとめたいと思っている父は、ふたつ返事で受け入れ、私たちを別の部屋へと案内した。

座卓を挟んで向かい合って座ると、行基さんが口を開く。

「あやさん。俺はもう誰かを傷つけたくないんだ」

だから私との結婚は受け入れられないということだろうか。

「私は傷ついたりしません。初子さんのように心に想う方もいませんから」

「だが、俺を好いているからではないだろう？　無礼を承知で言うが、一橋家が傾いているのは知っている。きみはきみなりに、一橋家を守ろうとしているんだろう？」

それは否定できない。孝義の未来を守りたいというのは本当だから。

「そうではないとは言いません。でも、行基さんのお優しい言動を見ていて、行基さんとならと思ったのもまた事実です」

正直に告げると、彼は黙り込んでしまった。

「……俺は、きみを愛せないかもしれない。それでもという覚悟はあるかい？」

そして次に出た言葉に胸がチクリと痛む。

やはり、他に想う人がいるのだろう。

そんな覚悟はしたくなかった。だけど……彼に愛されるよう努力を重ねることはできるし、愛される可能性がなくなったわけじゃない。

それに、このままで終わりたくはない。胸をときめかせていた人に近づける機会が与えられたのに、それを放棄することなんて無理だ。

私は華族の家で育ったけれど、決して恵まれた環境ではなかった。初子さんのようにきれいな着物も持たなければ、学もない。

でも、だからといってこの先の人生をあきらめるなんて嫌。

私は小さな覚悟を胸に、うなずいた。

「そうか。それではこの話を進めよう」

『愛せないかもしれない』と言われた直後なのに、密かに心の奥で想いを募らせていた彼と夫婦になれると思うと、胸が弾む。初子さんの婚約者だった人に対してこんな気持ちを抱くなんて……と思いはしたものの、抑えられるものではなかった。

「ひとつ。あやさんは一時でも女学生だったことはないのかい？」

その質問に心臓が跳ねる。

やはりあのときのことを言っているんだろう。

「いえ。尋常小学校までしか出ておりません」

もう縁談が進むと決まった今、隠しておく必要はなかったのかもしれない。

だけど、女学校に通っていないのは事実だし、万が一初子さんとの入れ替わりが父の耳に入ったら……逆鱗《げきりん》に触れるのは目に見えている。

そもそもあんなことをしなければ、周防さんと初子さんは恋に落ちることはなかったんだし、心中なんていう事態にもならなかった。

彼女のためにしたとはいえ、その罪悪感も私を止めた。

「そう、か。きみにそっくりな子に会ったことがあってね。人違いだったか」

「……はい。そうかと」

「それでは、これからよろしく頼む。でも、どうしても嫌になったら俺に言うといい。双方の両親では握り潰されてしまうからね」

嫌になんてならない。こんなに気遣ってくれるあなたを、嫌いになんてならない。

「ありがとうございます」

深く頭を下げると、彼は私の肩をポンと叩いてから部屋を出ていった。


そして、私の輿入れがすんなりと決まった。

祝言の支度といっても、初子さんが使うはずだったものがすべて新品で残っている。行基さんがそれではつらいだろうから新しくそろえ直そうと申し出てくれたものの、首を振った。この打掛を着ることで、初子さんの幸せも願いたかった。

せめて空の上で周防さんと祝言をあげてほしい。

そんな気持ちでいっぱいだった。

私は行基さんとの結婚が決まってからも、女中の仕事はやめなかった。

軽快に雑巾がけをしていると、まつが飛んでくる。

「あやさま、もうおやめくださいと申し上げましたでしょう？　このようなことは私たちでいたしますから」

「どうして？」

「ですから！　あやさまはあの津田さまに嫁ぐんですよ？　もう少しこう……お嬢さまらしくと言いますか……」

まつは困った様子で眉をひそめる。

「でも、津田家に行ったらできなくなるかもしれないんだからやらせて？」

私は雑巾を片手にもう一度縁側を拭き始めた。

まつが〝あの津田さま〟とよく言うけれど、それは津田家の裕福さゆえ。

一橋家の爵位によって社会的地位を得て、成金と卑下《ひげ》されないようにするという目論見から始まった縁談らしいが、最初はそれが理解できなかった。なぜなら津田紡績はもう社会から十分に認められるほどの規模を誇り、貶《おとし》められる理由など見当たらないから。

だけど、行基さんのお父さまが会社を興した際、爵位を持たないということで散々な目に遭ってきたんだとか。

爵位がないというだけで交渉の席に着くことが許されず、やっとのことでその段階に進んでも足元を見られ、なんとか成功を収めたら、今度は『成金』と罵られ……。

実際、行基さんも心無い言葉を浴びせられているようだ。

そのために心の動かない結婚を選択するというのも腑《ふ》に落ちないけれど、一橋の父が爵位を守りたいと躍起《やっき》になっているのと同じなんだと思う。

なにかを守るために、他の犠牲などいとわないのだろう。

津田紡績は、従業員を三千人も抱える大きな会社だ。水力を用いたガラ紡といわれる紡績機から始まったらしいが、最近では莫大な資金を投資して新しい紡績機を輸入するという大胆な行動が大当たりして、大成功を収めている。

これを提案したのは行基さんなんだとか。

それだけではない。英語ができず輸出の際に安い金額で買いたたかれていることに気づいた行基さんが、通訳を高い金で雇い、交渉を有利に進めたことも有名らしい。

高い給料を払いはしたものの、結果その何倍もの利益を手にしたという、実に商売の戦略がうまい人だと言われているそうだ。

そうして津田紡績は年々その規模を大きくしている。

長年先頭で走り続けてきた行基さんのお父さまは、行基さんに社長の座を譲りたいと考えていて、祝言が終わったらそうする予定だという。

私は行基さんと祝言まで会う予定はない。

初子さんと周防さんの恋を近くで見ていたので、当然何度も逢瀬《おうせ》を重ねるものだと思っていたのに、家と家とのつながりを重視した婚姻はそんなものらしい。

行基さんが忙しく飛び回っていて、空いた時間がないというのも理由のひとつではあるけれど。

彼は私に、『きみを愛せないかもしれない。それでもという覚悟はあるかい？』と尋ねた。それはこういうことなんだと実感している。私のためにに無理をしてまで割く時間がないのだろう。

それでも、密かに憧れている人のところに嫁げるのだから、贅沢は言わない。

嫁入り前の私には作法の先生がつけられた。最低限のたしなみを叩き込もうという母の魂胆《こんたん》だ。

母は、妾の子である私が津田家に嫁ぐことが気に入らないらしく、最初はツンケンしていた。行基さんとの縁談が持ち上がったとき、『あやは学もないんです』と口を挟んだのはそのせいだった。

初子さんが死に、私が裕福な家に嫁ぐなんて我慢ならなかったんだと思う。

だけど輿入れが決まってからは、育てた娘――実際は女中として扱われていたけれど――が行儀作法をまともに知らないと中傷されることを恐れた。

「あやさま。箸は先端の六分までしか使ってはなりません」

「すみません」

六分って、ご飯をほんの少ししかつかめないじゃない。

実母のことを知る前は、こうしたことも口を酸っぱくして言われてきた。でも、女中部屋で食べるようになってからは、自由に大きな口でパクパク食べてきた。

初子さんたちとは違う質素なおかずとはいえ、他人の目を気にしなくてもいい食事はとってもおいしかったのに。

「それに、口は小さくしか開けてはいけないと申し上げましたでしょう？」

「……はい」

これでは食べた気がしない。

今さらながらに初子さんの不自由さを感じていた。

作法の先生が毎日訪れるようになると、とうとう女中の仕事を取り上げられた上に、外に出してもらえなくなった。

二度と津田家に泥を塗ることがあってはならないと、他の男性との接触ができないようにしたいのだろう。

そんなに気を揉まなくても、私は行基さんとの婚姻がうれしいんだから心配いらないのに。

だけど外に出してもらえないのには、もうひとつ理由がある。行儀作法が身についていない私を野放しにすると、なにかしでかすかもしれないと思われているようだった。

裾が擦れて薄汚れた着物を着て右往左往していても、誰も注目なんてしない。けれども、縁談が決まってからの私は、生前の初子さんのように華やかな着物を着せられるようになったので、立ち居振る舞いには気をつけなければいけなくなった。

女中から津田紡績の御曹司である津田行基の妻という立場に駆け上がるというのは、思いのほか不自由なことだらけのようだ。

「初子さん、子爵令嬢ってつまらないのね」

縁側に座り、空を見上げる。

初子さんは女学校に行っている間は友人との交流もできた。

だけど今の私は、部屋に閉じ込められて、ひたすら作法の勉強。

体を動かしているほうが断然楽しい。

そんな不自由な毎日を送り始めて二週間。

作法の先生に、懐中時計に書かれている英字について尋ねてみた。

「先生。これ、なんと読むかわかりますか?」

時計を見せるわけにはいかないので、紙に【Y・T】とあった通りに書いてはみたが、先生は首を振る。

「作法のことならわかりますが、英字はちょっと……」

初子さんのように女学校を卒業している先生もわからないらしい。

先生は、一度結婚したものの離縁している。

なんでも先生が離縁した八年前は、夫の意見はそっちのけで、姑が嫁を追い出して離縁となるということも普通にあったらしく、先生もその例だとか。

民法というものができた今は、親が勝手に離縁させることはできなくなったらしいけど、その話を耳にした私は、『行基さんに生涯添い遂げられますように』と心の中で願った。

「そんなことより、あやさま。いい加減、字を練習してくださいませ。お琴はあきらめたのですから、せめてお願いします」

どうやら令嬢というものは、字が美しくないといけないらしい。

当初、琴を弾けるようにと用意されたものの、とても短期間では習得できないとあきらめ、その代わり字の練習になった。

女学校に行けなかったので、新しい漢字を学ぶのは楽しくてたまらない。だけど、書くのはどうにも苦手。

「でも、うまく書けないんです」

「仕方ありませんね。せめてご自分の名前だけでも美しく書けるようにしてくださいませ。手本を書きますから真似してください」

それから先生は【津田あや】と書いて私に手渡す。

「津田……」

「もう津田姓におなりになるんですよ。旦那さまに恥をかかせぬよう、もう少し自覚を持ってください」

私は先生の話を半分耳に入れつつ、【津田】の文字に指で触れる。

「旦那さま……」

正直、突然輿入れが決まったからか、自分が嫁にいくという実感がまるでない。

それでも、行基さんのことを想うと、胸がギューッと締め付けられるように疼《うず》く。

これが、恋なのかしら？

初子さんも周防さんのことを考えると、こんなふうに胸が苦しかったの？

恋という感情がどういうものなのかはっきりとはわからない私は、そんなことを考えながら字の練習を始めた。


そしていよいよ祝言の日がやってきた。

鶴の舞う朱色の打掛は華やかでまぶしいほどだ。

憧れの花嫁衣裳は少々重くて苦しいけれど、初子さんの分も幸せになろうと決めていた。

正直、一橋家ではつらいことも多かった。それでも、自分の人生をあきらめたことだけはない。これからは行基さんに愛してもらえるように努力する。

「馬子にも衣裳ね。津田さまにくれぐれも失礼のないように努めなさい」

母は最後まで辛辣《しんらつ》な言葉を浴びせてくる。

「あや、津田さまにお仕えして、早く子をもうけなさい。いいな？」

父は早く子を作らせ、両家の縁を確固たるものにしたいようだ。

「はい。お父さま、お母さま。今まで私を育ててくださいましてありがとうございました」

いろいろ言いたいことは呑み込んで、作法の先生が教えてくれた通りの言葉を口にして頭を下げたあと、人力車で四十分ほどかかる津田家に向かった。

初めて目の当たりにした津田の家はあまりに大きく、腰が抜けそうだった。

これは学校？と思うほどの大きな家がそびえ立ち、その横にも小さめの――といっても一橋家の三倍くらいはありそうな家がある。両方とも津田家の持ち物らしい。

これほどまでに財力があるとは驚きのひと言だった。

たしかに、この打掛は二千圓ものお金をかけて一流の職人に作らせたものだと聞いている。それだけでなく、箪笥には私のための新しい着物がぎっしり用意されているんだとか。

私が輿入れのために持ってきたのは、初子さんにもらった櫛と最後の手紙。そして、あの懐中時計くらいのもの。

上流階級の祝言といえば嫁入り道具を引っ提げてするものらしいけど、一橋家の財政が苦しいことを知っている行基さんが、身ひとつで来ればいいと言ってくれた。

初めて会ったあの日から、毎朝懐中時計のねじを巻きながら、行基さんの笑顔を頭に思い浮かべては胸をときめかせている。その人のところに嫁げるなんて、これ以上の幸せはない。

津田家の立派な門の前で、紋付き袴姿の行基さんが出迎えてくれた。

三つ揃えの姿しか見たことがなかったからかとても新鮮だ。しかもよく似合っていて、これほどまでに容姿が整っている彼が私の旦那さまだなんてもったいないと思い、視線を合わせるのが恥ずかしくてたまらない。

「あや。待っていたよ。とても美しい」

彼はまだ人力車に乗ったままの私に声をかける。

初めて『あや』と呼ばれたからか、鼓動が速まりどうにもならない。

呼び捨てにしたのは、今日から彼の妻になるからだろう。

でも、決して嫌ではなく、彼にとって特別なひとりになれたのだと感じられてむしろうれしい。しかも、『美しい』なんていう褒め言葉までもらえて、感激で瞳が潤む。

「ありがとうございます。末永くよろしくお願いします」

「こちらこそ。さあ」

以前人力車に乗ったときのようにスッと手を差し出される。

その大きな手に手を重ねると、彼は口角を上げた。

『大丈夫。私はここで幸せになるの』

ほんの少し前まで、結婚なんて考えたこともなかった。私には関係のない話だと、どこかで思っていた。

だけど、周防さんと密会したあとの初子さんの柔らかな笑みを見て、私もいつか情熱的な恋をしてみたいと密かに考えていた。

せっかく憧れの行基さんに嫁げるのだから、愛という感情で胸を焦がしたい。

そして、必ず幸せになる。

彼に手を握られ、津田家の本邸に向かってゆっくりと足を進めながら、そんなことを考えていた。


本邸の五十畳はあると思われる大広間に集まった津田家の列席者は、津田紡績の責任ある立場の人や、取引先の重鎮ばかり三十名ほど。

一方、一橋家側は父と母、そして孝義。あとは父の勤める宮内省の上層部の数人だけ。爵位を持つのは一橋家のほうなのに、そうは見えない。

大勢の視線が突き刺さる中、緊張で震える手で行基さんと盃を取り交わしたあとは、立派な膳が用意されていた。

これがまた、ひとりずつに尾頭付きの鯛が出されるという、豪華なもの。

食事を楽しみつつ酒が入ってくると、しばらくして場の雰囲気が和んでくる。

　私は行基さんと一緒に、列席者ひとりひとりに酒を振る舞い、挨拶をして回った。

「行基くん、随分べっぴんさんをもらったんだね。これで子ができれば、津田家も安泰だ」

「ありがとうございます。今後とも津田紡績をよろしくお願いします」

　どうやら取引先の関係者らしい。行基さんが頭を下げる少しうしろで、私も同じようにする。

　今日は行基さんと私の祝いの席ではあるけれど、主役だからといって浮かれているわけにはいかない。取引先への挨拶のために催されたような時間だった。

　すべての列席者に頭を下げて回ると、行基さんが隅にいた三つ揃え姿の男性を呼んだ。

「あや。これから我が家にも顔を出すと思うので紹介しておく。俺の片腕で秘書を務めてもらっている一ノ瀬《いちのせ》だ」

　行基さんが紹介してくれたその人は、彼よりは少し背が低いが同じくらいの歳に見える。前髪を上げていて知的な雰囲気が漂っていた。

「一ノ瀬と申します。行基さんとは幼なじみでして、津田紡績で使っていただいております。どうぞよろしくお願いします」

「こちらこそ。よろしくお願いします」

深く頭を下げると、一ノ瀬さんが「ああっ」と慌てている。

「あや。一ノ瀬は俺の部下だ。他の人とは違う。そんなに丁寧に挨拶をしなくてもいい」

そういうものなんだ……。

でも、一橋の父や母が女中に横柄な態度を取るのは、見ていて気持ちのいいものではなかった。

「ですが、私はわからないことだらけで、きっと一ノ瀬さんにもご迷惑をおかけしてしまいますから」

素直な胸の内を口にすると、一瞬首を傾げた一ノ瀬さんがクスッと笑う。

「行基さん、なかなか素敵な女性を娶られたようですね。お幸せに」

一ノ瀬さんは気になることを言い残して離れていった。

「あの、どういう意味でしょう?」

行基さんに尋ねると、口元を緩めている。

「あやは俺の妻なんだから、当然部下の一ノ瀬より立場は上だ。ましてや子爵令嬢だしな。普段は軽くあしらわれて終わりなのに、あやがあんなに丁寧に挨拶をするから好印象だったんだろう」

　彼は小声で教えてくれる。

「ですが、お世話になる方に挨拶をするのは当たり前ですもの。やめろと言われてもできません」

　しまった。つい思ったことを口にしてしまった。子爵令嬢として嫁いできたのだから、もっと上品に振る舞わなくてはいけなかったのに。

　作法の先生からも、祝言の間はできるだけ黙って笑顔でうなずいておきなさいと言われていた。

「お前は少々変わった女のようだ。だが、嫌いではない」

『嫌いではない』と言われ、一瞬にして頬が上気するのを感じる。

　それにしても、初めて会ったときも『変わったお嬢さん』と言われたような。

　そんなにおかしいのだろうか。

　もうこれ以上は粗相をしないようにと、そのあとは口を開かないように気をつけた。


　それから二時間。無事に祝言は終わり、別邸に移った。

　私付きの女中が三人もいると聞いて驚いたものの、彼女たちに着替えを手伝ってもらう。それがたまらなくくすぐったくて、ひとりで着替えたくてたまらなかったけれど、これも上流階級のたしなみなのかもしれないと必死に耐えた。

それに、私のためを思って女中を雇ってくれた行基さんに『女中はいりません』とは言えない。

そして風呂のあと、白地に紺であやめの模様が描かれた真新しい浴衣に着替えた。

「行基さまのお部屋にご案内します」

そう言われ、途端に息苦しいほど心臓が暴れ出すのを感じる。

このあと行われるであろう営みについては、作法の先生が簡単に教えてくれた。

行基さんにお任せすればいいと言われてはいるけれど、肌をさらすなんてやはり恥ずかしくてたまらない。

それでも彼の妻となったのだから、拒否することなんてできない。

「あやさまをお連れしました」

「入りなさい」

長い廊下の先の部屋の前で行基さんに声をかけた女中は、スッと障子を引く。

すると二十畳はあろうかという広い部屋の隅に置かれた机の前に、行基さんが座っていた。

女中は障子を開けたあと、すぐに戻っていく。

「あや、なにをしている。入って障子を閉めなさい」

「は、はい……」

行基さんも風呂に入ったようだ。藍色にかすり模様の入った浴衣の着流し姿が様になっている。

しかも、少しはだけた首元の大きな喉仏が上下するのを見てしまった私は、恥ずかしさのあまり目を伏せ一歩も動けなくなった。

「どうした?」

すると彼がスクッと立ち上がり私を迎えに来る。

そして背中を押され中へと促されたので、ようやく一歩を踏み出した。

――パタン。

うしろで障子の閉まる音がして、ビクッと震える。

「ここは俺の部屋だ。玄関近くの女中部屋に数人が寝泊まりしているが、それ以外は俺たちしかいない。もっと楽にして」

「私たちしか?」

「そう。ここは俺の生活のために作らせた家なんだ。まあ、いつか妻を迎えたときのためにと広めにはしてあるけどね」

広めどころか、どんなに贅沢に使っても部屋が余る。

「この部屋以外はあやの好きにしても構わない。箪笥の置いてある部屋はもう教えてもらったか？」

「はい、先ほど」

着替えのあと、三十代半ばくらいで細面の女中の貞《さだ》が連れていってくれた。

「あの部屋は日当たりもいいから、そこを主に使うといい。でも、夫婦になったんだから夜はここに来るんだぞ」

「……は、はい」

どうしよう。緊張しすぎて、息が苦しい。

「ふっ……」

立ち尽くしていると、彼は突然笑みを漏らす。

「自分の意見をハキハキ口にする女だと思っていたが、借りてきた猫のようだね」

「えっ？」

「まあ仕方ないな。初めての夜だから緊張しているんだろう？」

その通りのことを指摘されて、なにも答えられない。

「とりあえずお茶でも淹れてもらおう。さっき女中が持ってきたんだ」

座卓の上に湯呑と急須が置いてある。

「かしこまりました、行基さま」

「だから、ここには俺とお前しかいないんだから、もっと楽にしなさい。〝行基さん〟で十分だよ」

そっか。母も父のことを〝重蔵さん〟と呼んでいるのを思い出し、納得した。

「はい」

「は？」

「練習してみて」

練習って、呼び方の？

「ほら」

「い、いえっ。それはまた今度……」

改めて呼べと言われても、恥ずかしくて無理だ。

「だめだ。俺の言ったことは絶対だ」

突然威圧的な言葉を吐く行基さんは、その言い方とは違い頬を緩めて楽しそう。

「ゆ……行基さん」

「あはは。あや、どうして耳が赤いんだ?」

どうやら私を困らせて喜んでいるらしい。

「そんなこと……知りません!」

私は行基さんに背を向けた。

すると彼はうしろから手を伸ばしてきて、私を不意に抱きしめる。

「怒ったのか?」

「怒ってなど……」

怒ったわけじゃない。困ったのだ。

耳が赤いのも、心臓が口から飛び出しそうなのも、全部事実だから。

しかも、こんなふうに密着されたら、もう息をすることもできない。

「俺とお前は、家のために夫婦になった。きっかけはそうだとしても、できれば楽しくやりたい。ただ、俺のことを好きになれなければ無理をして好きにならなくていい」

「無理をして、なんて……」

突き放すような告白に、頭が真っ白になる。

楽しくやるのと、愛し愛されるのとはまったく別物だ。

私は『きみを愛せないかもしれない』と言われたことを思い出した。

それでも愛されるように努力しようと思い嫁いだものの、もしかしてあれは『愛せないかもしれない』ではなく『愛さない』という強い意思表示だったのかも。

そうだとしたら、たまらなく悲しい。

最初から『愛さない』と宣言されていたのに、勘違いした私はいつか愛されたいと願っていたから。

けれど、今さら沈んでいても仕方がない。いつか彼に『やはり好きになった』と心変わりしてもらえるように努力を重ねるしかない。

それに好きでもない私に『楽しくやりたい』と言ってくれているんだ。こんなに贅沢なことはない。

「お茶を淹れます」

「うん。頼む」

気持ちを入れ替えそう告げると、彼はスッと離れていく。そして、座卓の前に胡坐《あぐら》をかいて、私をじっと見つめている。

見られていることに慣れなくて緊張しながらも、湯呑にお茶を注いで差し出した。

「どうぞ」

「ありがとう」

するとそのとき、指先と指先が触れて、ハッとする。

どうしよう。緊張がほどけない。それに、初子さんとならポンポンものを言い合えたのに、行基さんとはどんな話をしたらいいのかすらわからない。

「あやも飲みなさい」

「はい。いただきます。……熱っ」

彼との会話のことばかり考えていたからか、お茶が熱いことを忘れて喉に送ってしまった。

「大丈夫か⁉」

慌てふためく行基さんが、私の隣にやってきた。そして「舌を出して」と命じる。

「平気ですから」

本当はじんじんしているけれど、彼の前で舌を出すなんてできない。

「俺の言うことは絶対だと言っただろう？　早く」

強めに促されて、仕方なく口を小さく開いて舌の先だけ出した。

「だめだ。もっと大きな口を開け」

彼はそう言うと私の顎に手をかけ、グイッと持ち上げる。

「早くしなさい」

どうやら逃れられないと悟《さと》った私は、思いきって舌を出してみせた。
「はー、ひどくはなさそうだ」
行基さんはようやく安堵の声をあげる。
しかし舌を引っ込めたものの、顎から手を離してくれない。
それどころか、私の目を至近距離で見つめ、「あや」と色気を纏った声を吐き出す。
彼の瞳に自分が映っているのに気づき、心臓が破れそうなほどに鼓動が速まる。
火傷《やけど》をしたのは舌のはずなのに、全身が火照ってしまう。
「まったく。そそっかしいお嬢さんだ。気をつけなさい」
行基さんは私を叱りながらも、瞬きすることなく私を見つめる。
なんなの、この胸の疼きは。苦しくてたまらない。
絡めとられた視線を逸らすことができずにいると、彼はようやく顎から手を離し、
私の唇を人差し指でスッと撫でた。
その撫で方が優しくて、そして艶っぽくて、息をするのも忘れる。
「お茶はもういい。祝言は疲れただろう。そろそろ寝よう」
彼は唇から手を離したものの、燃えるように熱い眼差しを注いだまま。
どうにも耐えられなくなり、私のほうから視線を外した。

「こっちに」

行基さんがふすまを開けたその先の十二畳ほどの部屋に、布団が二組ぴったりとくっつけて敷いてある。

これから肌をさらすんだ……。

「あや」

この部屋に来たときと同じように動けないでいると、先に足を踏み入れていた彼が戻ってきて私を不意に抱き上げた。

「キャッ」

「世話が焼ける女だ」

「す、すみません……」

布団に私を下ろした彼は、私の顔の横に両手をついて見下ろしてくる。

「そんなに震えるな」

「で、ですが……」

行基さんは私の頬に手を伸ばしてきて優しく触れる。

「心配するな。怖いのなら今は抱かない。いずれ子をと言われるだろう。そのときでいい」

「えっ……」

祝言の夜、夫婦となったふたりは、体を交えるものだと聞いていた。

それなのに……。

「あや」

「……はい」

「難しいな。人と人との関係は」

彼は意味深な言葉をつぶやき、隣に寝そべった。

どういう意味で言ったのだろう。

わからないけれど、それを聞いて心に思うことがある。

「難しい、のかもしれません。でも私は、誰かとつながっていたいと思います」

「それはどうして？」

天井を向いていた彼は、顔を横に向けて私を見つめる。

「はい。他人とのつながりは幸せを運んでくるからです。ときにはつらいこともありますけど……」

初子さんの笑顔を思い浮かべながら続ける。

「顔を見合わせて笑い合ったり、大切なものを分け合ったり……そうした喜びは心を豊かにします。それが蓄積されていくと、今度はその幸せを誰かに分けてあげたくなるんです」

初子さんは私にたくさんの喜びをくれた。父や母に冷たく扱われても、彼女のおかげで幸せだった。

「そうすると、今度はその人が別の人に分け与えて……どんどん幸せが広がっていくんです。いつかそれが自分のところに戻ってくるような気がして」

「連鎖していくということか。そんなふうに考えたことはなかったな」

彼は今度は体まで私のほうに向け、尋ねてくる。

「そうです」

「だけど、初子さんは亡くなった。彼女は俺と出会って不幸になった」

その言葉を聞き、ハッとした。

もしかして行基さんは、初子さんが亡くなったのが自分のせいだと思っているの？

「初子さんは不幸なんかじゃありません。そりゃあ、生きていてほしかったです。でも、周防さんと一緒に過ごした日々は幸せだったんです。初子さんの幸せを否定しないでください」

そう口にしたものの、私も行基さんと同じ。逢引の手伝いなどしなければ、初子さんは死ななかったと自分を責めた。

でも、それは違うのかもしれない。それでは、初子さんの恋を否定することになる。

あんなに目を輝かせて周防さんの話をしてくれた彼女は、幸せだったはずなんだ。

「そうだな。初子さんの幸せを俺が否定するなんて許されないな」

「あっ……」

彼は突然私の腕を引き、抱きしめてくる。

「俺は、あやを不幸にしないか不安なんだ」

「不幸になんて絶対になりません」

だって私は、あなたに嫁げて幸せなんです。

そう付け足したかったのに、言えなかった。

もしも彼に想い人がいるのなら、そんなことを口にして苦しめたくはない。

「そうか……」

行基さんは私を抱きしめたまま離そうとしない。

浴衣の胸元がはだけてあらわになった彼の素肌に頬が触れ、鼓動が速まっていく。

どうしたらいいのかわからず黙って従っていると、行基さんが私の髪を優しく梳《と》き出した。

「あやの髪は柔らかくて美しい」

「ありがとうございます」

初子さんもそう言った。そしてあの櫛をくれた。

「あや。困ったことがあれば言って。俺が忙しくてつかまらないときは、一ノ瀬でもいい。慣れるまではあやのことを気にかけるように伝えておく」

そうやって気を回してくれるのはうれしい。だけど、私は一ノ瀬さんに恋をしに来たわけじゃない。行基さんは忙しく飛び回っているのだから仕方がないのかもしれないけれど、夫婦なら誰かを介さず積極的に会話をしたい。

「大丈夫です。自分のことは自分でできます。本当は女中もいらないくらいで……」

今までもそうしてきたし。

「女中がいらない？」

「はい。だって、もう小さい子ではありませんもの。着替えも髪結いも毎日のことですからできますし、食事のお仕度や掃除洗濯、なんでもできますよ」

「いや、できるかできないかを聞いているわけじゃないが……」

あれ、なにか違った？

「女中にしてもらったほうが楽だろう？」

「私は自分でしたいです。ほら、その日の気分で髪形も変えたいですし、自分で掃除をしたあときれいになった部屋を眺めるのはとっても気分がいいんですよ。……あっ」

しまった。作法の先生からとにかく上品であることを心がけなさいと口を酸っぱくして注意されていたのに、令嬢らしくないことを口走ったかもしれない。

「ははは。そんなことを言うやつに初めて会ったよ。実に頼もしい女だ」

よかった。叱られなかった。

「ほら、もう目を閉じて」

彼は背中に回していた手の力を緩め、顔を覗き込んでくる。

こんなに近くでまじまじと見つめられると、胸が高鳴ってしまうのに。

「いえ。行基さんが先にお眠りください」

これまた作法の先生から、妻たるもの旦那さまより早く起きて遅く寝るものだとこんこんと諭されていたのでそう口にした。

それに隣に行基さんがいると思うと、緊張で眠れない。

「眠れないのか？」

「いえ、そうではなくて……」

「体が冷えると寝つきが悪くなるそうだ。女は手足の先が冷える生き物だと聞いたことがあるが、お前もそうだな」

行基さんは自分の足で私の足先に触れる。たしかに彼は私よりずっと温かかった。

「俺の体温で温めるといい」

「そ、そんな……」

首を振ったものの、足をつかまえられて挟まれる。

「ほら、眠るぞ」

「は、はいっ」

彼は私の首の下に腕を差し入れたまま、目を閉じた。

しばらくすると、スースーと規則正しい呼吸が聞こえてくる。

どうやら眠ったようだけど、足を離そうとしても許してもらえない。

私は体を交えなくて済んだことにホッとしつつ、どこかで落胆もしていた。

やはり、愛してはもらえないいんだわ……。

行基さんは『いずれ子をと言われるだろう。そのときでいい』と言っていた。つまり、子を作るためだけにそうした行為をするということだ。

好きだから、ではなく、子のために。

津田家の跡取りを産むために。

もちろん、津田家は地位を得るため、一橋家は津田家の財力を頼りたいための結婚であることは百も承知だ。

だけど、愛という感情がどこにもないのは、やはり悲しいと感じた。


翌朝は朝日が昇る頃には目が覚めた。

けれども、隣で行基さん眠っていることを忘れていて、彼の姿を見るなり大きな声をあげそうになって口を押さえた。

長いまつげに、すべすべの肌。そして、私にはない大きな喉仏。しかも昨晩より浴衣が乱れていて、鍛えられた胸筋がさらされている。

その様子をこんなに間近で見てしまい、動揺のあまり耳まで熱い。

男性と枕を並べるなんて初めてだったのにこれほどぐっすりと眠れたのは、祝言の疲れが出たからだろうか。それとも、彼が足を温めてくれたから?

そっと布団を抜け出し、着物が用意されている部屋に向かう。箪笥の引き出しを引っ張ると、用意されていた着物がどれもこれも上質でそして艶やかなので、仰天した。

「もったいなくて着られないわ……」

とはいえ、浴衣姿のままでうろうろするわけにはいかない。

それに、津田家の嫁なのだからそれなりの恰好を求められるのだろうと納得して、今日の空のような勿忘草《わすれなぐさ》色に、小花がちりばめられている着物を身に纏った。

それからすぐに長い廊下を歩き、炊事場に向かう。

「おはようございます。お手伝いします」

朝早くから八人の女中が朝食の準備をしている。

「あやさま！　こんなに早く起きられるとは思っていなかったので、お着替えの手伝いもせず申し訳ありません」

貞が慌てふためいている。

「ああっ、私、自分でできますから」

「御髪《おぐし》も整えさせていただきますのに。明日からはお呼びつけください」

「いいのよ。こんなことくらいすぐにできるし」

今日は一応、マガレイトにしてリボンをつけてある。

「そんなわけにはまいりません。さ、こちらは汚れますので広間のほうへ……」

「いえ。お手伝いしたくて」

もう一度申し出ると、女中全員の視線が突き刺さる。

「とんでもございません。そんなことをしたら行基さまに叱られます」

貞は激しく首を振る。

やっぱりだめなのか……。

彼女たちが叱られるのは本意ではない。私は渋々大広間に移動した。

「行基さまが少ない人数でいいとおっしゃいますので、基本、こちらの離れは先ほどの八人でお世話させていただいております。あとは本邸のほうにおりますので、人手が足りなければ呼んでまいります」

私にお茶を出す貞が、そう口にする。

「いえ、十分です！」

行基さんと私のふたり分の食事なら、自分でなんとかできるくらいなのに。

それにしても、少なくて八人なんだ……。

津田家の〝普通〟に感心してしまう。

仕事をさせてもらえず手持ち無沙汰になった私は、お茶を口にしたあと障子を開けて外を眺めた。

立派な庭にはたくさんの桜の木が植えてある。もう少し経てば可憐な花を咲かせてくれることだろう。

まだ気温の低い今は、鮮やかな赤色をした椿が至るところに咲いている。

椿は、花びらが一枚ずつ散るのではなく根元からポロリと落ちるので、縁起が悪いと言う人もいる。だけど、美しさを保ったまま落ちたと思えば、それも悪くない。

まるで初子さんのよう。彼女はおそらく人生で一番美しい瞬間に、逝ってしまった。

椿の近くの池には鯉も泳いでいる。

「餌《えさ》はどうしているのかしら……」

せめて鯉の世話はさせてもらえないだろうか。だってなにもしてはいけないなんて、拷問《ごうもん》だもの。

「なんだ。餌をやりたいのか？」

そのとき、うしろから話しかけられ、飛び上がるほど驚いた。

「おはようございます」

近づいてきた行基さんは、まだ浴衣姿だった。着崩れていたのを整えられてはいたけれど、昨日彼の素肌に触れたことを思い出して、目を合わせられない。

「餌、一緒にやるか？」

「いいんですか？」

まさか、一緒にと提案されるとはびっくりだった。

「ああ。俺も子供のときはよくやった。でも、寒い時季はあまり食べないぞ」

「そういうものなんですね」

「食欲が落ちるんだろうな」

彼は大きくうなずき、履物をはいて庭に下りる。

「あや。女中からパンをもらっておいで。餌用に準備してあるはずだ」

「はい！」

なんだか楽しくなってきた。

気持ちが弾み、走りそうになったものの、家の中では決して走ってはいけないという作法の先生の言葉を思い出し、着物の裾を持ち上げて早足で歩く。

女中からパンをもらって庭に戻ると、行基さんは落ちた椿を手にのせて眺めていた。

「まだ美しいのに落ちるのはもったいない」

「行基さんもそう思われますか？　私もです」

彼と同じ考えに至ったというだけで、心が躍る。

「でも、また来年咲くだろう」

「はい」

それからふたり並んで腰を下ろし、餌やりをした。

意外にも彼は楽しげで、終始表情が柔らかく、祝言の間見せていた凛々しい姿とは別人のようだ。新たな一面を発見したと、胸をときめかせていた。

初子さん、やはりこれは恋なのかしら？　彼と一緒にいると、楽しくてたまらないの。

「行基さま、朝食の支度が整いました」

「今行く」

縁側から声をかけられ立ち上がった行基さんは、私にスッと手を差し出し立たせてくれる。ごく自然にこうして女性を気遣えることに感心する。

「ありがとうございます」

「ああ。一ノ瀬がそろそろ顔を出す頃だ」

「もうお仕事ですか？」

「あいつは数軒先に住んでいるんだけど、ここの朝食がうまいといつも食いに来る。迷惑な男だ」

そんなことを言いながらも、優しい笑みをこぼしている。

一ノ瀬さんとは幼なじみだと聞いたけど、幼い頃に弟を病で亡くしている行基さんにとって、私と初子さんのように気心の知れた関係なのかもしれない。

「行基さん、おはようございます」

噂をすれば……だ。一ノ瀬さんがやってきた。

「お前は、新婚の邪魔だとは思わないのか?」

「俺がそんなタマじゃないと知っているでしょう?」

一ノ瀬さんがそう返すと、ふんと鼻で笑う行基さんは、私の手を引いて縁側に上がらせた。

「あやさん、おはようございます」

それから一ノ瀬さんは私にも挨拶をしてくれる。

「おはようございます。改めて、よろしくお願いいたします」

丁寧に挨拶をしなくてもいいと言われたものの、やはりお礼とお願いはきちんとしたい。人としての最低限のたしなみだと思うから。

「と、とんでもありません。こちらこそ」

「信明《のぶあき》もあやの前では小さくなるんだな」

行基さんはクスッと笑って、大広間へと足を進める。

「まったく。ひと言多いですよ」

行基さんは、一ノ瀬さんを下の名前で呼ぶ。部下というより友人として接しているんだ。

一ノ瀬さんは先に廊下を歩いていく行基さんのうしろ姿を眺めながら、私に手を差し出してくる。

「さあ、参りましょうか」

その声に反応した行基さんがふと足を止め、振り向いた。

「信明。俺のものに触れるな」

「わかりましたよ」

一ノ瀬さんは不機嫌全開で返事をしているけれど、『俺のもの』と言われた私は、行基さんの思わぬ独占欲に密かに胸をときめかせていた。


三人で食事をするには広すぎる大広間で、行基さんと私が並んで座り、一ノ瀬さんは膳を挟んで行基さんの向かいに座った。

朝食の間、ふたりは仕事の打ち合わせをしていた。もしかしたら一ノ瀬さんが津田家を訪れるのは、仕事の一環なのかもしれない。

「わかった。そっちはなんとかする。お前は、工場のほうに足を運んでくれ」

「了解です」

話がひと段落すると、行基さんが私に視線を送る。

「すまないな、あや」

「なにがでしょう？」

「お前にはわからない話ばかりだろう」

やはり彼は優しい。私なんて放っておけばいいのに。

「いいえ、大丈夫です。お仕事お忙しいんですね。お体にお気をつけください」

「はー、いいですね、こういうの。俺も見合いしようかな」

一ノ瀬さんが口を挟むと、行基さんは「さっさとそうしてくれ」と冷たいひと言を放った。

食事が終わると行基さんの着替えだ。

手伝うべきかどうか、彼の部屋の前の廊下で迷っていると、「あや、そこにいるんだろう？　入ってきなさい」と呼ばれて障子を開ける。

すると彼は、もうすでにシャツとズボンを身につけていた。

「手伝いなさい。ネクタイは結べる？」

「いいえ。触れたこともありません」

「それではあやの仕事にするから、覚えて」

やった。ひとつ仕事がもらえた！と喜んだのもつかの間。目の前でスルスルとネクタイを結んでいく様子を見ていても、まったく理解できない。

「わかったかい？」

「すみません。まったく……」

正直に答えると、「あはは」と大きな声で笑われた。

「見ているだけでは無理そうだな。それでは」

どうしたんだろう。

彼は一度結んだネクタイを外して、なぜか私の首にかける。

「いいか、ゆっくりやるから覚えるんだよ」

「は、はい」

行基さんは私のうしろに立ち、肩越しにネクタイに手を伸ばしてくる。

「まずはここを交差させ、ここを通す」

実践しながら教えてくれるようだけど、体が密着しているせいで心臓が破裂しそうなほど暴れ出した。

それでも、一言一句聞き漏らすまいとして必死に頭に叩き込む。

「――最後にここを通す。そして引っ張ると出来上がりだ」

「行基さん、器用でいらっしゃるんですね」

胸の高鳴りを隠して感嘆のため息を漏らすと、クスッと笑みをこぼしている。

「器用なものか。誰でもできる。信明でもね」

「それでは、一ノ瀬さんに負けないように頑張ります」

「あははっ、せいぜい頑張って」

おかしなことを言ったかしら？　思いきり笑われてしまった。

「これで明日までに練習しておきなさい」と別のネクタイを渡され、今日は自分で締めた彼は、玄関へと向かう。そして待っていた一ノ瀬さんと合流した。

「行ってらっしゃいませ」

「ああ。行ってくる」

玄関に正座をして見送ると、彼は私の目を見て微かに笑みを浮かべた。

行基さんはことあるごとにいちいち視線を送る。それが恥ずかしいものの、うれしくもある。私との会話を大切にしてくれている気がするからだ。

「さて、なにをしたらいいのかしら？」

とりあえずネクタイを結ぶ練習ね。

どうやら女中の手伝いはさせてもらえそうにない。

私は仕方なく部屋に戻って、ひたすらネクタイを結ぶ練習を始めた。


その日、行基さんが帰宅したのは二十時近くだった。

家から出ることなくひたすら練習をしていたからか、すっかりネクタイは結べるようになっている。

「おかえりなさいませ」

「ただいま」

鞄を差し出されて受け取った。

「お食事になさいますか？」

「その前に風呂に入りたい。忙しかったから汗をかいた」

「はい。すぐに準備を」

風呂の湯加減は女中に任せて、行基さんの浴衣を取りに部屋へと向かう。

「どれがいいのかしら……」

浴衣だけでもたくさんあって、迷ってしまう。

「あやの好きなもので構わないよ」

すると彼もやってきて、私のうしろに立った。

「はい」

『好きなもの』と言われるとますます迷い、出したり入れたりを繰り返している。

そんな私を見て、行基さんはクスクス笑う。

「あやを見ていると飽きないな」

「す、すみません」

早く決めないからだ。

「謝る必要はない。楽しいんだから」

楽しい、の？　それならよかった。

「今日はこちらでよろしいですか？」

「ああ、十分だ。あやはこの色が好きなのか？」

行基さんはくすんだ古代紫色に縦縞の入った浴衣に視線を送って尋ねてくる。

「はい。渋みがあっていいお色ですよね」

ふとそう口にすると、彼は小さくうなずく。

「そうだね。俺もこれは好きだ。あやにもこの色の浴衣を作らせよう」

「い、いえっ。もうたくさん用意していただいているので……」

箪笥には着られないほどの着物や浴衣があふれ返っているのに。

そう答えると、行基さんはなぜか私の腰を抱き、そしてグイッと引き寄せた。

ど、どうしたの？

「あやと同じものを身につけたいんだが、お前は嫌か？」

そして耳元で囁くので、途端に体がカーッと熱くなる。

「と、とととんでもございません」

「はは。どうして動揺している？」

想いを寄せる人からうれしい言葉をかけられたら、誰だってこうなるんじゃないの？

「動揺なんて……」

「してるだろう？　耳が赤いぞ」

行基さんはそう口にしながら、赤く染まる耳朶《じだ》を唇で食《は》むので、息が止まった。

「あや？」

体を硬直させていたからか、顔を覗き込まれて困ってしまう。

今は、見ないで。

「ははは。かわいいな。頬まで椿のように赤く染まったぞ」

彼は大きな笑い声をあげ、やっと離れた。

「ゆ、浴衣を風呂までお持ちします」

「うん。ありがとう」

いつまでも肩を揺らしている行基さんにそう告げ、部屋を飛び出す。すると彼もついてきたので鼓動が鎮まる気配もないが、顔を見られていないだけましだ。

「それではこちらに置きます」

風呂場に着いて浴衣を置いて出ていこうとすると、行基さんにふと腕をつかまれた。

「あやも一緒に入るか？」

「へっ⁉」

驚きすぎて変な声が出る。

「ははっ、冗談だよ」

私をからかうのがよほど楽しいのか、とんでもない言葉を次々と発してくる。そのたびに息が止まってしまう私のことなんてお構いなしだ。

「し、失礼します」

私はバタバタと脱衣所をあとにした。

向き合って夕食をとったあと、私も湯を浴び、行基さんの部屋に向かう。

「失礼します」

声をかけてから障子を開けると、彼はなにやら本を読んでいた。

「あやか。こっちにおいで」

「はい」

まだ近くに行くのは緊張する。

「本がお好きなんですか？」

「時間を潰すにはいい。でもあやが来たから終わりだ」

彼は本を閉じた。

「私のことはお構いなく。続けてください」

「いや、いい。今日は少し疲れた」

そうつぶやいた彼は、隣まで歩み寄った私の腕を引いて座らせたあと、なぜか私の膝に頭を乗せて寝そべった。

「行基さん？」

「足が痛ければ伸ばして」

そんなことを気にしているわけじゃない。

なにをしているの？

思惑がわからず体を固まらせていると、彼は下から私を見つめて口角を上げる。

「夫を癒《いや》すのは妻の役割だ」

「こ、こんなことで癒されるんですか?」

「ああ。もちろんだ」

「それなら、頑張りますっ!」

鼻息荒く返事をすると、肩を震わせている。

「頑張るって、どうやって?」

「あ……」

たしかに私は座っているだけだ。

「あはは」

行基さんの笑顔を見ると私まで元気になれる。

こんなことをするのは緊張以外の何物でもないけれど、彼が疲れを癒せるのなら、そして笑顔を見せてくれるなら、なんということはない。

それから行基さんはしばらくそのまま目を閉じていた。

眠ってしまったのかな?と思ったけれど、少しすると起き上がった。

「足、痺《しび》れてないか?」

「大丈夫……じゃないみたいです」

立ち上がろうとしたのに、ピリピリと微弱な電流が足先に走ってうまくいかない。

「ちょっと触るぞ」

「えっ、やめ……あっ」

昨日と同じように抱き上げられ、隣の部屋の布団に連れていかれる。

「だから、足を伸ばせと言っただろ」

「はい。これで学習しました」

隣に寝そべった行基さんは、クスリと笑みをこぼしながらなぜかまた私を抱き寄せるので、鼓動が速まるのを止められない。

「あや。今日一日、困ったことはなかった？」

「はい、まったく。あっ……暇すぎて困りました」

正直に答えると、行基さんは「暇すぎて困るとは……」と少し呆れている。

「なにかしたいことは？」

「そうですね。私も本が読みたいです。でも、行基さんのように難しい漢字を読めるわけではないので……」

初子さんが周防さんと小説について話を膨らませていたように、私も行基さんと同じ本を読んで語らってみたい。だけど、仮名と簡単な漢字しかわからない。

「そうか。それなら辞典というものを買ってやろう。それで言葉を調べることができる」

私は喜びのあまり、ガバッと起き上がった。

「本当ですか！　うれしいです」

「そんなに喜ぶとは。とりあえず落ち着いて」

「すみません……」

淑女《しゅくじょ》たるもの冷静に行動しなければならないのに、なかなか難しい。

腕を引かれて再び寝そべると、彼は体を私のほうに向け、再び口を開く。

「他には？」

「そうですね……。もし許されるなら、舞踊が……踊りが習いたいです」

生みの母のように舞がうまくなりたい。

母の舞を見たことすらないけれど、それを学ぶことで母に近づける気がしている。

「舞踊とはまた……」

「芸妓さんのようになりたいんです」

ふとそう漏らすと、彼の表情が一変して視線が尖った。

「それは俺を馬鹿にしているのか？」

「えっ？　そんなわけがありません。どうした――」

なにをそんなに怒っているの？

彼は眉根を寄せ、私に背を向けて黙り込んでしまった。

なにがいけなかったんだろう。

「行基さん、お気に障るようなことがあったのなら申し訳ありません」

慌てて謝ったけれど、返事はない。

それ以上言葉を発する勇気もなく、どうすることもできなくなった私は、ただただ不安な夜を過ごした。


翌朝、行基さんは食事のときもひと言も話さず、せっかくネクタイの練習をしたのに、自分で結んでしまう。

やっぱり怒ってる……。

今日は一ノ瀬さんも訪ねてこなかったので、ずっと気まずい雰囲気だった。

「行ってらっしゃいませ」

それでも仕事の前にあれこれ詮索するのはよそうと思い、笑顔を作って送り出した。

これほど不機嫌なのは、私が舞踊を習いたいと言ったから？　そのようなお願いをするのは失礼なことなの？

「あの、貞……」

「はい、なんでしょう」

「えっと……なんでもない」

貞に尋ねてみようと声をかけたが、それを聞くこと自体恥ずかしいことだったらどうしようとやめておいた。

自分の部屋に戻り、ボーッと外を眺める。

女中の仕事ならわかるのに、上流階級の人たちの生活がわからない。

一橋家も祖父の時代はかなり潤っていて、おそらく津田家と同じような生活環境だったはずだけど、父の代になってからは落ちぶれる一方だ。

それでも初子さんは子爵令嬢としての教育を受けてきたけれど、上には上がいて『完璧なお嬢さまは私たちとは違うのよ』とよく口にしていた。

「無理、なのかな……」

私に行基さんの妻は務まらないのかな。

いや、そんな弱音を吐いている暇があったら努力しよう。まだなにも始まってないじゃない。生まれや生い立ちを理由に、〝できない〟と決めるのは嫌いだ。

そう自分を奮い立たせてみたものの、誰にも相談できない状況に本当は心が折れそうだった。

今日は冷える。肌を突き刺すような空気のせいで体が冷えてきたけれど、障子を閉めることも忘れ、青い空を眺めていた。

「よし」

それでもしばらくすると元気が出てきた。

突然お嬢さまになれるわけじゃない。行基さんだって、私がそうした教育を受けていないと知っていて妻にしてくれたんだ。できることをしよう。

女中の仕事は手伝わせてはもらえないけれど、行基さんと私の部屋の掃除だけはどうしても自分でしたいと貞にお願いして許してもらったので、早速彼の部屋に向かった。

隅々まで拭き掃除をしていると、昼前になって一ノ瀬さんが訪ねてきた。

「あやさん、こんにちは。なんですか、その恰好」

「あっ、すみません。掃除を……」

「掃除？　そんなものは女中にやらせておけばいいじゃないですか」

たすき掛けをしていたからか、彼は驚いている。

「いえ、無理やりお願いしてやらせていただいているんです」

「え……。やりたくて、ですか？」

彼はまぶたをパチパチとして唖然《あぜん》としている。

もしかして、掃除も舞踊と同じくらいしてはいけないことなの？

「すみません。やはりしてはいけないんでしょうか」

思わず尋ねると、一ノ瀬さんは「あははは」と笑い出した。

「違いますよ。普通はしたがらないんです。誰かにやってもらえるならそのほうがいいじゃないですか。疲れるでしょう？」

「このくらいで疲れるんですか？」

一橋家の廊下を何往復したって疲れたりはしなかった。このくらいどうということはない。

「頼もしい奥さまですね。俺はいいと思いますよ。ぐうたらしているよりずっと。行基さんもそう言いそうです」

よかった。行基さんに許可を得たわけではなかったので、もし困るならやめなければと思っていた。

「それはそうと、少しお話が」

「はい。よろしければお茶でも」

私は女中の中では一番若い――といっても私よりふたつ年上の、とわにお茶を頼み、客間に彼を通した。

向き合って座ると、彼はすぐに口を開く。

「今日は秘書として参りました」

一ノ瀬さんは仕事のときは顔つきが引き締まり、話し方が変わる。

「実は来週末に、津田家の本邸で大切なパーティがあって、あやさんに行基さんの妻として出席していただけないかと」

「私がパーティに？」

「はい。政府の関係者を招いた、まあ顔つなぎのようなもので、年に何度か催しているんです」

そういえば一橋の父もそうした催しにときどき呼ばれていたような。行ったことはないので、どんなものかはわからないけれど。

突然の申し出で、しばし考える。

政府関係者まで来るということは、重要なパーティなのだろう。

作法の先生についてもらったとはいえ、短期間すぎて令嬢らしい振る舞いができているとは言いがたい私が出席しても大丈夫かな……。

「お義母さまは、いつも出席されているのですか？」

「はい。西洋では婦人同伴ということが多いんです。社長ももちろん出席されるので、奥さまも。行基さんは今までおひとりでの出席でしたが、ご結婚されましたのであやさんにもぜひ」

妻にはそんな役割もあるんだ……。

「行基さんの横で笑顔でいてくだされば十分です。仕事の話は行基さんや私たちがいたします。華を添えていただければと」

「華なんてとんでもない！」

真顔で返すと、彼は大きく首を振る。

「いえいえ。行基さんの自慢の奥さまです」

「そうだとうれしいのですが……」

そうなんだろうか。怒らせてしまったのに。

でも、行基さんの妻は私なんだし、そうした役割が必要ならやるしかない。

彼が心血を注ぐ津田紡績のためならば、できる限りの努力をして役に立ちたい。

「行基さんは政府の偉い方ともお会いになるんですね」

「はい。紡績業は諸外国との輸出入の額が増大する一方ですので、国にとっても大切な産業です。それをけん引する津田紡績は、政府も注目する大切な会社なんですよ」

津田紡績の活躍ぶりはよく耳にしていたものの、国という規模までいってしまうのが驚きだ。

「素晴らしいご活躍ですね」

「ええ。特に行基さんが仕事を始められてから、生産性だけでなく品質を高めることにも真摯《しんし》に取り組んでこられたので、諸外国で日本の製品の評価が非常に高くなっているんです。行基さんはその手腕を政府要人からも認められています」

津田紡績はこの周辺だけでなく、日本を代表する会社なんだ。

自分がその中心となって活躍する人の妻になったなんて、ピンとこない。

それにしても、そこまで上り詰めた人ですら、爵位がないというだけで馬鹿にされることが信じられなかった。

「行基さんがそんなにすごい方だなんて、なんだか私、気後れします」

彼への憧れの念を募らせて結婚の話を受けたものの、本当に私でよかったのかと今さらながらに腰が引ける。

「そんな心配はご無用ですよ。行基さんは成功を収めたからといって、横柄な態度を取る方ではありません。どんな人にでも分け隔てなく接してくださいますよ」

行基さんは初めて会ったとき、支えてくれる従業員に感謝し、地に足がついた生き方をしたいと言っていた。一ノ瀬さんが言うように、とても謙虚で優しい人なんだと思う。

「ただしあやさん。行基さんがいる世界は、きらびやかなだけではありません。どこにも嫌味な人間がいるもので、もしかしたら失礼な発言をされることもあるかと思いますが、耐えてくださいますか?」

「嫌味な……」

お義父さまは『成金』と罵られてきたと聞いたけれど、そういうことだろうか。

「はい。ですがあやさんは子爵一橋家のご令嬢です。堂々としていらしてください」

彼の言葉にうなずいた。

中身は伴わない令嬢だけど、華族出身であることを示せば行基さんが馬鹿にされずに済むのなら、一橋の名前を使わせてもらおう。

「わかりました。精いっぱい務めます。ですがパーティがどんなものかまったくわからないので、少し教えてください」

「もちろんです。まずは……ご挨拶の順序がありまして――」

一ノ瀬さんはテキパキとパーティの流れを説明し、私がどうすればいいのかも指示してくれた。なんでも、ドレスという洋服を身につける必要があるらしく、これからわざわざ採寸をして仕立てるんだとか。

とりあえず私は行基さんの横で愛想を振りまいておけばいいということがわかったけれど……。他にできることはないだろうか。

「一ノ瀬さん、私、行基さんの役に立ちたいんです。手を貸してはいただけませんか？」

「は、はい……」

怪訝な顔をしながらも承知してくれた彼にたくさんの頼みごとをした。

「承知しました。それにしても……行基さんがあやさんは突拍子もないことを言い出すと話していたのは本当だったんですね」

「どういうことですか？」

そんなにおかしなことを言っているのかしら？

「まあ、行基さんも楽しそうだし、いいじゃないですか。えーっと、ここからは私用です。これを」

彼は私の前に風呂敷に包まれたものを差し出した。

「なんでしょう？」

「行基さんからです。本と辞典を用意して届けてくれと」

「えっ！　もう？」

軽く口にしただけなのに、こんなに早く用意してくれるなんて、胸がいっぱいだ。

「勉強家なんですね」

「いえ……。学がなくて恥ずかしいのですが、ずっと小説を読んでみたいと思っておりました。でもその機会がなくて。私の願いを叶えてくださる行基さんには感謝しかありません」

風呂敷ごと抱きしめていると、一ノ瀬さんは優しく微笑みかける。

「あやさんが喜んでいたと伝えておきます。行基さんも喜ぶかと。それと、早速喧嘩をされたみたいですね。行基さんがあやさんは津田の家に来たばかりで不安だろうに怒ってしまったと気にしていましたよ」

「行基さんが？」

「はい。行基さんは心の優しい人ですけど、仕事中は副社長としてとびきり厳しくて、少しでも気が緩んでいると容赦なく叱責されます。常に毅然《きぜん》として眼光を鋭く光らせているような方なので、少々おろおろされているのに驚きました」

私もびっくりだ。怒らせたのは私なのに。

ただ、どれだけ考えても、どうして怒ったのかわからない。

「あの……行基さんがなにに腹を立てられたのかわからなくて。私が悪いんでしょうけど……」

「そうなんですか？　差し支えなければ、どんな会話をしていて行基さんがへそを曲げたのか教えていただけませんか？」

私は思いきって昨日の会話を大まかに伝えた。

「なるほど」

すると一ノ瀬さんはケラケラと声をあげて笑い出す。

「あの、なにか……」

「芸妓さんっていうのが多分いけなかったんだと思います。どんな仕事をする人かは知っていますよね？」

「はい。舞のお上手な人たちだと」

そう答えると、彼は不思議そうな顔をして私を凝視している。

「それだけ？」

「はい。他になにか？」

もしかして違うの？　まつはそう教えてくれたのに。

「そうか。知らなかったんですね。芸妓さんというのは、たしかに舞や音曲などで客をもてなす人たちのことなんですが、その客は主に男で」

「えっ……」

舞台で舞を披露する人のことではないの？　女性は観ないの？

「まあ、その、あれです。もちろん芸を売る人たちではありますが、男のほうには下心ある輩《やから》もいるもので、芸妓の中には一人前になるための莫大な費用を出してくれる特定の男がいる人もいます。そういう男がつくと、水揚げもあって」

「水揚げって？」

なんのこと？

「うーん。若いお嬢さんには言いにくいですけど、同衾《どうきん》して自分だけの女にすることかな」

つまり、体を交えるということ？　ということは、『芸妓さんのようになりたい』なんて、とんでもないことを行基さんに言ってしまったんだ。

「私、なにも知らなくて。ただ舞が上手な方だとお聞きしていたので、そうなりたいと……」

どうしよう。行基さんが怒るのも当たり前だ。

「そのようですね。大丈夫。行基さんにはそれとなく伝えておきます」

一ノ瀬さんは動揺する私を置いて帰っていった。

「とんでもないことを……」

旦那さまに向かって、芸妓になりたいなんて失礼極まりない。

でも……母はそうすると、一橋の父に水揚げをされたのだろうか。単に舞のうまい女性と父が恋に落ちたのではなく、お金のために？　まつは、それを悟られまいとごまかしてくれたの？

実母のことを神聖化していた私にとっては衝撃的な事実ではあったけど、真相は父に聞かなければ明らかにはならない。

母は父に本気で恋をしたのかもしれないし、そうでないのかもしれない。

けれど、妻がいたのに母に手を出した父の気持ちは、私には理解しがたいものだ。

詮索するのはよそう。過去のことを調べても、今さらどうにもならない。

私は行基さんと幸せになればいい。

そう気持ちを切り替え、彼が用意してくれた辞典をギュッと抱きしめた。

その夜。行基さんは十九時過ぎに帰ってきた。

「おかえりなさいませ。昨日は……本当に申し訳ありませんでした」

玄関で正座をし、深く頭を下げる。

私にはあの無礼な発言の謝罪をすることしかできない。

「あや、頭を上げて。信明から聞いたよ。俺もなにも聞かずに怒ったりして悪かった。冷静に考えればおかしな話なのにな」

まさか、彼が謝罪の言葉を口にするなんて。知らなかったとはいえ、完全に私の失態なのに。

「いえ、私が悪いんです。追い出されても文句は言えません」

ずっと頭を下げ続けていると、彼は玄関を上がってきて私の横で片膝をついた。

「追い出すわけがないだろう。あやは俺の妻じゃないのか？」

そして、そんな優しい言葉をかけてくれるので、鼻の奥がツーンとしてくる。

「いえ。あれっ……はい？」

どっちの返事が正しいのか混乱すると、クスッと笑みを漏らしている。

「もうその話は終わりだよ。さて、風呂に入りたい。浴衣を選んで」

「はい！」

彼に許されたという弾んだ気持ちでうっかり廊下を走ってしまい、ハッとして止まると「お前はそのくらい元気なほうがいい」と笑われた。


風呂と夕食が済んだあと、また彼の部屋へと足を運ぶ。

「行基さん、本と辞典をありがとうございました。私、すごくうれしくて」

「もう読んだのか？」

「いえ……。辞典を開いたらそれを読むのが楽しくなって、本はまだ」

正直に答えると彼は口元を緩める。

「辞典を読みふけるとは、やはり面白い女だ。毎日笑って暮らせるんだから、簡単には手放せないな」

それは……改めて許すと言っているの？

「行基さん、私……精いっぱいお仕えします」

そう伝えると、彼は小さくうなずいた。

つながる想い

そして迎えたパーティ当日。会場となるのは、津田家の一番大きな広間だ。

百人くらいは入れるのではないかと思われるここは、畳ではなく洋式の床。シャンデリアというハイカラな電灯や西洋の有名な画家の描いた絵画、そして立派な花瓶には豪華な花々が飾られていて、別世界に迷い込んだかのようだった。

今日は取引先の会社や輸出入に関わる政府関係者を多数招いていると聞いている。そのため、津田紡績側の社員もかなりの人数が準備に駆けずり回っていた。

「あやさん、今日は私がおそばにいられないこともありますので、もうひとりご紹介しておきます」

行基さんが他の上層部の社員らしき人と話をしている間、私は広間隣の控室にしている部屋で立ち尽くしていた。

そんな私のところに来てくれた一ノ瀬さんは、見知らぬ男性と一緒だった。

短髪で眼鏡をかけているその人は、表情ひとつ変えず私に小さく会釈する。

「藤原《ふじわら》です。私と一緒に行基さんの秘書をしております。私の手が回らないことがあれば、彼にお申し付けください」

「藤原です。どうぞよろしくお願いします」

最初から笑いかけてくれた一ノ瀬さんとは違い、藤原さんはニコリともしない。このような場で気を張っているというのもあるかもしれないけれど、少々怖く感じた。だけど、行基さんの近くで働いているのだから、優秀な人に違いない。

「あやです。不慣れなもので、ご迷惑をおかけするかもしれません。どうぞよろしくお願いします」

深く頭を下げると「ですから、私たちにそのような挨拶はいりませんよ」と一ノ瀬さんは笑っている。

「すみません、ちょっと社長のところに行かねばなりませんので失礼します」

一ノ瀬さんは藤原さんに「頼んだ」と小声で伝え、離れていった。

「本日の進行は聞いていらっしゃいますか？」

「はい。大雑把には。行基さんや一ノ瀬さんにお任せしておけばいいとお聞きしております」

この場にいるだけでも緊張するのに、なにか重要な役割を与えられても困るのが本音だ。でも、できるだけのことはしようと思っている。

「あやさんは、華族の家のご出身だとお聞きしましたが」

「はい、そうです」

「それならば、こうしたパーティでどうされるべきかおわかりでしょう？　くれぐれも我が社の足を引っ張るようなことはお控えください」

ごく当然の指摘をされただけなのに、胸にギュッとつかまれたような痛みが走る。

行基さんもそして一ノ瀬さんも、物腰柔らかで私を優しく包み込んでくれるような温かさがあるけれど、藤原さんにはそれを感じない。氷のように冷たい空気を吹き込まれたかのようだった。

しかし、こうした厳しさがなければ、津田紡績の発展はなかったのかもしれない。行基さんも会社ではとびきり厳しいと聞いたし。

「承知しました。精いっぱい努力いたします」

襟を正して返事をすれば、彼は一瞬眉をひそめながらも「はい」と言った。

とはいえ、パーティなんて出席したことがない私には、これからどんなことが行われて、なにを頑張ればいいのかもわからない。ますます緊張が高まってくる。

それから藤原さんと言葉を交わすことなく、津田紡績の社員の人たちが準備のためにせわしなく動いている様子をじっと観察していた。

こんなドレスを纏っていなければ、あそこに加わり手伝いたいくらいだ。

今日は、あれから大至急で仕立ててもらった、引きずるほど長い裾のローブ・デコルテというドレスを身に纏っている。これが西洋では正装らしい。

淡い桜色のドレスは正絹を使っているからか光沢が美しく、同じ色の布で作った二の腕まである長い手袋も着用している。

そして開き気味で恥ずかしい首元には、たくさんの宝石を使ったネックレスが輝いている。重厚で艶やかで……卒倒しそうなので値段を聞くことができないほどのもの。

「あや」

しばらくして行基さんがやってきた。すると藤原さんは離れていく。

行基さんは燕尾《えんび》服という、裾が燕《つばめ》の尾のようになっている上着と、白い蝶ネクタイが印象的な洋服を纏っている。まったく違和感なく着こなしているのがさすがだ。

「表情が硬いな。緊張しているのか？」

「こんな華やかな世界は初めてですもの」

今日のこのパーティのために、津田紡績はいったいいくらかけたんだろう。

莫大な資金をつぎ込んでも有益な会なんだと考えたら、副社長の妻として絶対に失敗は許されないと手に汗握る。

しかも、藤原さんにあんなことを言われたばかりだし。

「大丈夫だよ。あやはいつも通り笑っていればいい」

「はい」

そうは言っても、開始時間が迫って招待客が着席していくと、七、八十人もの気品あふれる人たちの姿に圧倒されてため息が出る。

「行基。失礼のないようにしなさい」

そこに行基さんと同じように燕尾服を着たお義父さまがやってきた。

そして隣には、真っ白なローブ・デコルテ姿のお義母さま。背筋はピシッと伸び、おどおどしている私とはまるで違う。高貴な情調が満ちあふれている。

こうでなくちゃ。

「わかっております」

「あやさん、粗相のないように」

「かしこまりました」

お義父さまに釘をさされ、ピリッと緊張が走る。

祝言のあと、何度か行基さんとここ本邸に足を運び、ご両親と食事をともにした。

私は作法を間違えないことで頭がいっぱいで、気の利いた言葉ひとつ口にできず、いつも返事ばかり。おそらく頼りない嫁だと思われているに違いない。

今日こそは、なんとか役に立ちたい。

司会役の人が開始を告げると、一瞬にしてざわつきが収まった。

「さて、行こうか」

行基さんに腕を握るように促され、手を添えて会場の中に足を踏み入れる。すると、人々の視線が瞬時に集まったのがわかった。

どうしよう。もう緊張で足がガクガクだ。

お義父さまが前に立ち、挨拶を始める。行基さんはその横で。お義母さまと私は少し離れたところでひたすら笑みを浮かべていた。

お義父さまの挨拶が済むと、食事が提供された。西洋式で、今日のために招いている有名な料理人の手によるフランスの料理の数々がテーブルに並ぶ。

会場は、長いテーブルがずらっと縦に四列並んでいて、私たちはその中央前列の席に着いて食事を始めた。近くには政府要人や祝言にも来てくれた取引先の重鎮が座っているので、手に汗握る。

そんな中、行基さんは臆することなく会話を弾ませている。

料理を口に運ぶタイミングがわからず顔をこわばらせていると、行基さんが気づいて小声で話しかけてきた。

「あや、もう食べても構わないよ。マナーは俺を見て真似てごらん」

「はい。マナーについては大体は把握しております」

そう返すと、彼は目を丸くしている。

一ノ瀬さんに頼んでテーブルマナーに関する書物を用意してもらい、できる限りの知識は身につけてきた。

とはいえ、実際にナイフとフォークを使うのは初めてだったので緊張は隠せない。出された牛肉がうまく切れるか心配だったものの、なんとかなった。

でも、せっかくの料理なのに味わう暇がない。嫁ぐ前に一橋家で作法を厳しくたたき込まれたときもそうだったけれど、ひとつひとつの所作に気を使う見栄えのいい食事というのは、せっかくの料理の味をなくしてしまうらしい。

「行基さん、そろそろお願いします。あやさんも」

しばらく食べ進んだところで、端に控えていた一ノ瀬さんに促されて席を立つ。

来賓の席に挨拶をして回るのだ。

「本日はお越しいただき大変光栄です。――妻のあやです。今後お世話になるかと」

「初めまして。どうぞよろしくお願いします」

何度も同じ台詞《せりふ》の繰り返し。けれども、笑顔をつけることは忘れずに。

「その調子だ」

行基さんは慣れない私を気遣いつつ、ちょっとした雑談から商談へと持っていく。

その姿を見て、彼の能力の高さを思い知った。

「それでは次の取引は、前回の倍でお願いします」

「それは多すぎないかね、行基くん」

「いえ。今が攻めどきです。中国の市場はまだまだ拡大します。弊社の紡ぐ糸は西洋のものと比べ細くて丈夫だとの評価を得ています。倍では足りないくらいです」

行基さんは自信に満ちあふれた表情で話を進める。

その堂々たる立ち居振る舞いに、改めて彼を想う気持ちが高まっていく。

「あやさん、次は林田《はやしだ》さまにご挨拶をします」

行基さんが仕事の話をしている間に、一ノ瀬さんが耳元でそっと教えてくれた。

「はい。貿易商社の社長さんですね」

「すべて覚えられたのですか？」

彼が仰天しながらつぶやくのでうなずいた。

今日の出席者の名簿を預かり、誰がどんな人なのかは頭に入れてある。

それにしても一ノ瀬さんは行基さんがひとりの人との話に偏らないように場を取り仕切っているだけでなく、私のことまで気遣ってくれる素晴らしい秘書だ。行基さんが〝片腕〟と言うだけのことはある。

林田さまとの話が終わった頃、藤原さんがやってきて行基さんに耳打ちをした。

「野村《のむら》さまが到着されました」

野村さまというのは、政府で輸出入に関する仕事についている人物で、今日の一番大事なお客様。仕事の都合で遅れて来たのだ。

津田紡績は、インドなどからの綿花の購入、そして中国などへの綿糸の輸出が多く、その取引にかかる税金がとても重要になるという。数年前に綿糸輸出税や綿花輸入税が撤廃されて、それから日本の綿糸紡績業の輸出入が一気に拡大したんだとか。

それを津田紡績がけん引しているけれど、その状態の維持に尽力してもらうために、要はご機嫌取りをしなくてはならないらしい。

私たちは広間の入口に向かい、野村さまを出迎えた。

「野村さま、ようこそおいでくださりました」

「行基くん、久しぶりだね。お父さんの跡を継がれるとか」

「はい。近いうちにと思っております。父と変わらず、ご指導いただければと」

野村さまはとても階級の高い人らしいが、行基さんはまったく動じる様子もない。

「実は最近妻を娶りまして。あやでです」

「あやでございます。よろしくお願いします」

緊張で手に汗握りながらも、笑顔で頭を下げる。

「ほぉ、そうか。きれいな方だ」

「とんでもございません。野村さまの奥さまが、女学校で〝絶世の美女〟と噂されていらっしゃったとお聞きしました。たくさんの男性が求婚された中、野村さまの魅力が奥さまのお心を動かしたと」

実は一ノ瀬さんに野村さまについての資料も用意してもらっていた。そしてそれを必死に読み込んできた。使われている漢字が難しくて辞典を参考にしながらの作業だったので骨は折れたものの、用意された書類すべてに目を通してある。

「そんなことまで知っているのか？」

野村さまが感心しているだけでなく、行基さんも目を丸くしている。

「そんな素敵な野村さまにお会いできると知りまして少し緊張しておりましたが、お優しく話しかけてくださり、感無量です」

うまく話せているだろうか。

学がないことがバレては困ると、必死に頭を回転させる。

「それはそれは、私も光栄だよ」

「ありがとうございます」

私は満面の笑みを浮かべる野村さまに頭を下げ、うしろに下がった。

それからは行基さんが仕事の話を始めた。

しばらくの間、私にはさっぱり理解できない関税や、今後の紡績業の見通しについてなど、とてつもなく規模の大きな話をしているのを聞きながら、呆気《あっけ》に取られていた。まさに日本の産業の最先端に関する語らいに、私がここにいていいのかとはばかられるくらいだった。

ふたりの会話が終わったと感じた私は、もう一度口を挟んだ。

「野村さま。本日はささやかですが、お子さまに贈り物が」

私の発言に合わせて、一ノ瀬さんがタイミングよく風呂敷包みを差し出してくれる。

「お子さま用の着物でございます。お気に召しますとうれしいのですが……」

昨日になって、奥さまが着物好きで六歳になる女児がいることを知り、急遽津田家がひいきにしている呉服店を貞から聞き出し、一番よい品を用意してもらった。

「これはうれしい。妻は子供を着せ替え人形のようにしていてね。新しい着物をといつもせがまれるのだよ。ありがたく頂戴しよう」

野村さまのお付きの人にそれを渡すと、すぐにほどいて中を確認している。

「帯も結構な品だ。妻も子も気に入るだろう」

機嫌よく着席する野村さまから離れた行基さんは、私の手を取り、一旦会場の外へと足を運ぶ。

「あや、着物の用意があるとは驚いたよ」

「はい。野村さまに関する資料を拝見しまして、すぐに呉服店に走りました。本当はもう少し高級品をと思いましたが、急でしたのであれで精いっぱいで……」

「走ったって、あやが？」

そっか。貞たちに頼むべきところだったのか。

だけど時間もなく、気がついたら家を飛び出していた。しかも、呉服店に使いに行くくらいなんでもないし。

「……はい。行基さんはお忙しくされていたので、お耳に入れる時間もありませんでした」

昨晩は日をまたぐ頃に帰宅してすぐに床についたし、今朝も早くから準備で慌ただしかったので話す機会がなかった。

よかれと思ってしたことだったし、野村さまは大喜びしてくれたので正解だったと思ったけれど、出過ぎた真似だったのかもしれない。

「いや。助かった。野村さまがこんなに機嫌がいいのは珍しいんだ」

「本当ですか！」

ああ、よかった。

それを聞き一気に緊張が緩んだ。

「手柄だぞ。それにしても資料とやらはどうしたんだ？」

「一ノ瀬さんに用意していただきました」

そう答えると唖然としている。

「そんなことはひと言も聞いてない」

そうかもしれない。『パーティでお会いするなら、人となりをちょっと知っておきたい』という話し方をしただけで、一ノ瀬さんも軽い気持ちで資料をそろえてくれたんだと思う。

「それにしても、母ですら父のうしろをついて回るだけなのに、初めてのお前がここまで気を回せるとは。聡明な妻を娶れて幸せだ」

聡明とはとても言えないけれど、彼が優しい笑みを見せてくれたので、ホッとした。

食事の時間のあとは、社交ダンスという男女ふたりが組になっての舞踏会がある。

あらかじめ聞いてはいたものの、ここが一番関門が高い。

一応、この日のために行基さんからダンスの基本の動き方は教わっている。

「あや。俺がリードする。焦らなくていいから合わせて」

「はい」

一ノ瀬さんに聞いたところでは、行基さんはとてもうまいらしい。基本しか身についていなくても、リードしてくれるはずだと。

彼は私の手を取って腰を抱き、曲が始まるのを待った。

「これはこれは行基さん。もしよろしければ奥さまと踊らせていただけませんか？」

それなのに、彼より少し年上の男性に話しかけられてしまった。

この人は……野村さまと同じ輸出入に関する仕事に携わっている官僚の辻《つじ》さまだ。

しかし、主となり仕事を動かしているのは野村さまなので、彼とは挨拶を交わした程度であまり深くは話をしていない。

「すみません。妻はまだこうした場に不慣れでして。ダンスも決してうまくはございません。辻さまのようにお上手な方の足手まといになってしまいます」

行基さんは初めての私を慮《おもんぱか》ってそう言ってくれたんだと思う。

それなのに、辻さまは引かない。

「そうでしたか。まさか津田紡績の次期社長の奥さまともあろう方が、社交ダンスがまともに踊れないなんて。やはり、成金はそれなりの妻しか娶れないのですね。あっははは」

なんなの、この人。

行基さんのことをこれほどまでに蔑《さげす》むとは、はらわたが煮えくり返りそうだ。

そういえば一ノ瀬さんが、『嫌味な人間がいる』と言っていたけど、辻さまのような人のことなのね。

「いいえ。私の妻は〝それなり〟ではございません。私にはもったいないほどの女性です」

ひるむことなく行基さんがかばってくれるので、胸が疼く。

「ほー。でも社交ダンスもまともに踊れないとは——」

一ノ瀬さんにこのパーティへの出席を頼まれたとき、失礼な発言をされても耐えてくださいと言われたけれど、自分のことだけでなく行基さんのことまで辱められて、気が収まらない。

「辻さま。ぜひ踊ってくださいませ。ですがその前に。私は子爵一橋重蔵の娘でございます。父は宮内省におります」

辻さまの発言を遮りそう告げると、彼はハッとした表情を見せる。

没落しつつある家柄とはいえ、爵位を持っているかどうかというのは彼らにとって重要だという。

散財した挙句、金の無心をする父より、大きな会社を動かし立派に部下を導いている行基さんのほうがよほど尊敬の対象だと思うんだけど。

「そう、でしたか……」

こんなことを自分からひけらかすのは好きじゃない。まして妾の子なんだし。

それでも、今後津田家が侮蔑されなくて済むのなら、いくらでもその地位を使おう。

そもそもそのために嫁いできたのだから。

「ですが、主人が積み上げてきた努力には、どんな爵位を持っても太刀打ちなどできません。私は主人を心より尊敬しております。さ、どうか踊ってください。不慣れですがご勘弁を」

笑顔を作ると、行基さんが心配げな視線を向ける。

本当は彼以外の男性に触れられるのも嫌だった。だけど、少しだけ我慢。

辻さまはあとに引けなくなったようで、複雑な表情のまま私の手を取る。

そして曲がかかり始めると、私は足を動かした。

基本のステップしかできないけれど、きっとなんとかなる。

私は背筋を伸ばし、笑顔を崩すことなく踊り続けた。

行基さんにダンスの指導を受けてから、暇さえあれば練習にいそしんできた。母のように日本舞踊を踊れるようになりたいと思っていたのに、まさか西洋のダンスを先に学ぶとは想定外だったものの、行基さんの役に立ちたい一心で必死だった。

なんとか一曲踊り終えると、すぐに行基さんがやってきて、即刻辻さまから引き離した。

「ご覧の通り、できた妻です。妻は私を尊敬していると言いましたが、私は妻を尊敬しております。彼女を娶ることができ、幸せを噛みしめる毎日です」

そして余裕の笑みを浮かべ、そう言い放つ。

辻さまに釘をさすためだとはいえ、もったいないほどの賞賛を聞き、胸がいっぱいになる。愛しい人からの温かい言葉は、特に心に響くものだ。

「そ、そうですか。末永くお幸せに」

「ありがとうございます」

顔を真っ赤にした辻さまは、会場からそのまま出ていった。

「次は私と踊っていただけますか？」

それから行基さんは、なんと私の前にひざまずき、手を差し出す。

旦那さまにこんなことさせるなんて……と焦ったけれど、西洋式の挨拶なのかもしれない。

「はい。喜んで」

その手に手を重ねると、彼は満面の笑みを浮かべて立ち上がった。


それから一時間ほどで無事にパーティは終了した。

行基さんがお義父さまや一ノ瀬さんたちと一緒に、お客さまを丁寧にお見送りしている間、私は少し離れたところでその様子を眺めていた。

隣には藤原さんがいる。行基さんや一ノ瀬さんが私のそばにいられないときは必ず近くにいて、いつでも手助けができるようにしてくれていたのは本当にありがたかった。けれども、特に頼ることなく終えたのがなによりだ。

「藤原さん、今日はありがとうございました」

「ダンスのときはうまくごまかされましたね。まったくステップが踏めていらっしゃらないじゃないですか」

「えっ？　すみません」

思いがけない指摘をされ、視線が宙を舞う。

まさか藤原さんに叱られるとは思ってもいなかった。

「生まれたときから苦労知らずで育たれたんでしょうね。努力なしになんでも手に入るなんて、いいご身分ですね」

どうしたんだろう。彼の言葉が刺々しくて痛くてたまらない。

「いいえ、あの……」

「副社長のことも子爵の称号をちらつかせて手に入れられたんでしょうけど、副社長の汚点にならないようにお気をつけください」

「……はい」

そっか。彼は行基さんのことを尊敬していて守りたい一心なんだ。だから私では力不足だと言いたいんだろう。

だけど、私だって努力してこなかったわけじゃない。

心の中で反論しつつ、津田紡績を引っ張る行基さんの苦労はそんなものじゃないはずだと思い、口を閉ざした。

藤原さんの言う通り、まだまだ努力が足りないと思ったからだ。

ダンスのステップも、もっと完璧にしておくべきだった。

「あや、お疲れさま」

それからすぐに、すべてのお客さまを送り出した行基さんが私に近寄ってきた。

すると藤原さんはなんでもなかったように会釈をして離れていく。

「お疲れさまでした。ダンスもうまく踊れず、申し訳ありません」

藤原さんに指摘されたことが気になり、頭を下げる。

「十分だったぞ。いや、うまくて驚いたくらいだ。相当練習したんだろう？　あや、お前はどこまでも素晴らしい女だ。完璧だった」

行基さんにまた褒められて、ホッとした。

「いえ。はねっ返りなことを知られないようにと必死だっただけで……」

正直に言うと、彼はふっと噴き出している。

「いや。今日のためにこれほど準備を重ねていたとは。はねっ返りだけではない。気配りも努力も一流だ。今日はずっと驚きっぱなしだったよ」

藤原さんに冷たい言葉を浴びせられたばかりなので、彼の賞賛は胸に響く。

「あれっ、はねっ返りは否定してくださらないんですか？」

照れ隠しのために口を尖らせると「それは無理な相談だ」と声をあげて笑われた。

「だけど、辻に触れさせたのは気にくわない」

「えっ……」

「お前は私の妻だ」

行基さんが思いがけないことを口にするので、目が点になる。

もしかして、これは嫉妬？　そうだとしたら……感激だ。

「……はい」

「疲れただろう。帰って休もう」

彼は顔をほころばせ、私にスッと手を出した。

最初は重ねることすら照れくさかったけれど、今はこうして手を差し伸べてもらえるのがうれしくてたまらない。

その晩は、湯を浴びてから行基さんの部屋に行き、一緒にお茶を飲んだところまでは覚えている。

だけどそのあとは、今日まで頭も体もすり減るまで使いすぎたからか睡魔が襲ってきて、いつの間にか深い眠りに落ちていた。

翌朝目覚めると、布団に寝かされていたので驚いた。

「あや、起きたか？」

「はっ、すみません。旦那さまより遅く起きるなんて」

慌てて起き上がると、隣で横たわっていた行基さんが私の腕を引いて布団に戻す。

「いいから、気にするな。疲れ果ててたんだろう？」

彼はそう口にしながら、私を捕まえて腕の中に閉じ込める。

こんなふうに密着されると鼓動がうるさくなるのに。

行基さんは私を片手で捕まえておいて、もう一方の手で枕元に置かれてあった書類をつかんだ。

「こんなに辞典を引いたんだな」

どうやら私が読んでいた野村さまに関する資料のようだ。自分の部屋の机の上に置きっぱなしにしていたのを気づかれたらしい。

この資料の中の読めない漢字にすべてかなをふってある。

「本当に学がなくてすみません」

そうつぶやくと、彼は私の髪を優しく撫でる。

「なぜ謝る。俺は褒めているんだぞ。それに、女学校に行かなかったのはあやの意思ではないんだろう？」

どうして知っているの？

不思議に思いながら少し離れて視線を合わせると、彼は続ける。

「芸妓の件があったとき、お前がなぜそんな勘違いをしていたのか気になって、一ノ瀬に調べさせた。それでお前の実母のことを知ったんだ。一橋の母上が実子ではないあやを疎んじて自由を奪ったのも、女中をしていたのもそのせいだったんだな」

まさかすべて筒抜けになっていたとは。

私は起き上がり正座をしたあと、頭を下げる。

「今まで隠していて申し訳ありません」

「あやは謝りすぎだよ。お前が悪いことなどひとつもないだろ？　実母の身の上もあやのせいではないし、お前が一橋家の血を引いているのは本当だ。俺は嘘をつかれたわけでもない」

たしかに嘘はついていないが、言っていないことはたくさんあった。

上半身を起こした行基さんは穏やかな表情をしているので、怒っているわけではなさそうだ。

「はい。ですが、一橋の母に自由は奪われておりません。初子さんよりずっと自由でしたし、女中として働くのは楽しくて。きっと生まれたときからそういう性分だったんだと思います」

正直な胸の内を口にすると、行基さんは「本当にお前は……」と呆れ気味だ。

「あっ、またおかしなことを言ったでしょうか？　すみませ――」

謝ろうとすると、うっとりとしたような視線を向けてくる彼が、人差し指で私の唇に触れる。

この色情を感じさせる雰囲気は、なに？

たちまち息が苦しくなり、耳まで熱い。

行基さんはふとした瞬間に、こういう艶のある表情をするから困ってしまう。

「だから、謝るな。なにもおかしなことは言ってない」

「そう、ですね……」

「それに俺は、その前向きなところがいいと言いたかったんだ」

あれ、褒められているの？

一橋家にいた頃はどれだけ仕事をこなしても叱られるばかりだったので、何度も褒められると、夢を見ているかのようだ。

「さて、昨日活躍してくれたお礼に、今日はふたりで出かけよう」

「えっ⁉」

日曜なので仕事は休みだと聞いていたけど、まさかふたりで出かけられるなんて。

小躍りしたい気分だ。

「その前に飯だ。膳の用意を頼む」

「かしこまりました！」

うれしさのあまりすさまじい勢いで立ち上がったせいで、また大笑いされてしまった。


朝食のあと、珍しく着流し姿の行基さんは、私を伴い街の中心街へと向かった。

仕事へ向かうときの洋服姿はもちろん凛々しく、毎朝見るたびに胸をときめかせているけれど、とても濃い藍色——留紺《とめこん》色の着物姿は一層男らしさを感じさせる。

一橋家は隣街の商店を利用するので、ここに来たのは初めてだった。

東西南北を走る道沿いに所狭しと店が並ぶそこは、よく通った商店街より活気があり、さまざまなものが売られている。

「欲しいものがあればなんでも言いなさい。買ってやるぞ」

「欲しいものなんてありません。津田家にはなんでもあるんですもの」

生活にまったく困ることはない。

「あやとは普通の会話が成り立たないな」

「えっ、なんとお答えすればよかったのですか？」

背の高い彼を見上げて問うと、不意に手を握られて驚きのあまり目を白黒させる。

「これが欲しい。あれも欲しい。あっ、やっぱりこっちも。かな」

彼は楽しげな様子で答え、近くの店に私を引っ張った。

「まずは履物を買おう」

「履物はたくさんいただきましたから、もういりません」

着物に合わせて十足は用意されていて、いつ履いたらいいのかわからないくらいだ。

「男女を問わず、買ってやると言えば普通は喜ぶものだぞ？　昔、ひとりだけ金はいらないと言った女はいたけどね」

彼の発言に鼓動が速まる。

もしかして、初子さんと入れ替わっていたときの私？

「ああっ、それならお団子が食べたいです。あんがのっているお団子」

「ははっ、食い気か。それもいい。それじゃあ甘味処に行こう。さて、どこにあったか……」

行基さんは私の手を引き、歩き始める。

「あや、あそこでいいか？」

団子の絵の暖簾《のれん》が下がる店を見つけた彼は、にこやかに尋ねる。

「はい、もちろんです」

私も笑顔で返すと、彼は足を進めた。

こぢんまりとした甘味処には、甘い香りが漂っている。店内には他に一組しか客がいない。

私たちは通りが見渡せる窓の近くの席に向かい合って座った。そして、たっぷりあんがのった団子を頬張り、幸せを噛みしめる。

思えば団子の取り合いで実母の存在を知ったけれど、今はこんなに充実している。

「おいしいです」

「それはよかった」

私と同じ団子を注文した彼は、三つあるうちのひとつを私の皿にのせてくる。

「これは行基さんの分ですよ？」

「俺はいい。あやの笑顔を見ているだけで腹がいっぱいだ。なんならもうひとつ食べるか？」

行基さんは黒文字に刺した団子を私の口の前に差し出してきた。

「えっ？」

「口を開けて。食べさせてやる」

とんでもない提案に、思考が停止する。

「たべ……食べさせて？」

動転して声が裏返ったせいか、行基さんは白い歯を見せる。

「そうだよ。ほら」

「あっ、いえっ……。作法の先生が大きな口を開いてはいけないと……」

食べさせてもらうなんて恥ずかしいことはできない。

私は必死に頭を回転させて言い訳を考えた。

「さっきの団子はひと口だったたなぁ」

「あ……」

しまった。好物を前にして、作法のことなんてすっかり頭から飛んでいたのを、しっかりと見られていたらしい。

「ほら、早くして」

急かされて思いきって口を開くと、団子を差し込まれた。

なんなの、これ。恥ずかしさのあまり顔から火を噴きそうだ。

「ははは。俺とふたりだけのときはおいしく食べればいい。そうやって大きな口を開けたとしても、微笑ましいとしか思わんからね」

そう、なの？

返事がしたいのに、胸も口の中もいっぱいでできない。

目を伏せたままもぐもぐと咀嚼《そしゃく》している間、行基さんはずっとクスクスと笑みを漏らしていた。

ゴクンと団子を飲み込むと、彼は目を大きくしてお茶を差し出してくる。

「大丈夫か？　あや、団子は飲むものではない」

「大丈夫、ですよ？　ちゃんと噛みました」

たしかにいつもより早く飲み込んだけど、喉に詰まらせるような失態はしない。

「はー、驚いた」

「行基さんは心配しすぎです」

こんなに気にかけてもらった経験がないので、そう伝えると……。

「妻の心配をするのは当たり前だ」

そうつぶやきながら机の上の私の手を握る。すると、心臓がドクンと大きな音を立てる。

「あ、ありがとうございます」

やはり面映ゆくて視線を合わせずお礼を伝えれば、さらに手を強く握られた。

「どこにも行くな」

「えっ？」

ふと顔を上げると、真剣な視線が注がれている。

「俺より先に死ぬことは許さん」

どうして、突然そんなことを言うの？　初子さんのことを気にしているの？

「死んだりしません。だって、またお団子を食べたいんですもの」

本当は『あなたのそばにずっといたいから』と言いたかった。

だけど、行基さんの気持ちがはっきりとわからない今、そう口にするのは負担になるかもしれないとためらった。

『愛せないかもしれない』と言われたものの、彼は私をとても大切にしてくれる。だから今はこのままでいたい。

『私のことを愛してください』なんて口走ったら、かえって離れていくのではないかという不安でいっぱいだ。

「ふっははは、そうだな。そんなに気に入ったなら、また食べに来よう」

「はい」

彼の表情が緩んでホッとした。

『私は死んだりしません。ずっとあなたについていきます』

それから私は次の団子を咀嚼しながら、心の中でそう唱えた。


甘味処を出ると、行基さんはまた私の手を握って歩き出す。

「そういえば……一橋家に多額の融資をしてくださったとか」

バタバタしていて肝心なことを忘れていた。

先日、一橋家がどうなっているのか心配だったので一ノ瀬さんにそれとなく聞いてみたら、もうすでに融資をしてあると返事をもらった。

「多額というほどじゃない。あやの実家だから、無下にはできないだろう?」

「本当にありがとうございます。私には孝義を守る力もなくて……」

「心配はいらない。孝義くんは帝国大学卒業まで俺が面倒を見よう。信明が、孝義くんさえその気なら、その後は津田紡績で働いてもらったらどうかと言っていたけど、俺も賛成だよ。そのほうがあやも安心だろうし」

そこまで考えてもらえて、感無量だ。

「ありがたいです」

「もちろん、一橋の父上のように官僚を目指しても構わないし、孝義くんの思うままにすればいい」

なんて寛大な人なんだろう。

「ずっと孝義のことが心配で。行基さんにそう言っていただけて、ひとつ肩の荷が下りた気分です」

初子さんから託された孝義も、将来が保障されたようなものだ。

「大げさだよ。それにしても、あやは他人の心配ばかりなんだね」

「そんなことはないですよ？」

否定すると、私の顔を覗き込み、意味深な笑みを浮かべた行基さんは再び歩き出した。

「行基さん、どちらに？」

「お前は物欲というものがなさそうだから、本屋にでも行こう。履物は俺が勝手にそろえておく」

「ですから、いりませんって！」

慌てて首を振っても彼はクスッと笑みを漏らすだけ。津田家にあるものを見ていると『そろえておく』が、一、二足ではないような気がするから恐ろしい。

でも、本屋はうれしい。おねだりしてもいいだろうか。

「そういえば、信明に舞踊の先生を探すように言ってあるから、そのうち家に来てもらおう」

「えっ……。舞踊は、もう……」

あれは私が生みの母を神聖化しすぎたゆえの勘違いだったんだし。

「芸妓の中には春を売っていた者もいる。だけど、あやの母上がそうだったとは限らないだろう？　一橋の父上にお聞きすれば真相はわかるのかもしれないが、そんな無粋なことはしなくていい。もう会えないのだから、あやは自分の思い描く母の姿を心の中で大切にすればいい」

「行基さん……。ありがとうございます」

彼の発言に救われた。やはり母のことを卑下したくなんてない。

海老茶袴姿で初めて会ったあの日、とびきり優しそうな人だと思ったけれど、その直感は正しかった。どんどん心が奪われていくのを感じる。

妻として隣にいられるのは本当に幸せだけど……愛してほしいと叫んでしまいそう

で怖い。

私たちは互いの家の利益のために、夫婦になっただけなのに。

そんなことを考えていると、突然目の前に鬼のような形相をした男が立ちふさがった。

「津田行基だな」

「そうだが。なんだ？」

行基さんは足を止め、私をスッと背中のうしろに隠す。

「お前のせいでうちの会社は滅茶苦茶だ。どうしてくれよう！」

「あや、離れろ！」

行基さんが叫んだ瞬間、男が懐から小刀を取り出して振り上げる。

彼はそれを俊敏によけたけれど、立ちすくむ私に気づき、「逃げろ！」と声を張り上げ、私の体を押した。

そのとき男に背中を見せてしまい、暴漢の小刀が行基さんの右腕を切り裂いた。

「ううっ。クソッ」

一瞬苦しげな声をあげた行基さんだけど、ひるむことなく男の足を引っかけて倒し背中に馬乗りになる。そして、足で小刀を握っていた右手を蹴り上げ、離させた。

「だ、誰か助けて！　警察を！」

ハッと我に返り大声で叫ぶと、近くの商店から騒ぎを聞きつけた人が続々と出てきて、けがをした行基さんの代わりに男を押さえつける。

「嫌っ、行基さん！」

「あや、無事か？」

「血が……」

「大丈夫だ」

彼は私を安心させるためか、口角を上げてみせはするけれど、右手を押さえて倒れ込んだ。

「お医者さまを……。どなたか助けて！　お願い！」

それからは必死だった。着物の裾を割き、彼の腕を縛り上げる。

「行基さん。行基さん、しっかり！」

少しずつ血の気を失っていく行基さんを見て私まで倒れそうになったが、ぐっとこらえてひたすら声をかけ続けた。

幸い医者がすぐに駆け付け、応急処置のあと津田家へと運んでくれた。

貞たち使用人一同は、血まみれの行基さんを見て顔色をなくし、涙を流す者もいる。

そしてすぐに走り込んできた義父母は、力なく横たわる行基さんを前に取り乱し、処置を続ける医者に「診療の邪魔だから出ていってください」と言われるほどだった。

私は泣きながらも、行基さんの手を握り励まし続けていた。

「出血が多すぎます。ですが、止血はしましたし、今できることはこれくらいしかありません。脈や呼吸は気をつけて見ていてください。なにかあればすぐに呼ぶように」

医者は私に脈の測り方を教えて帰っていった。

「行基さん……」

いつもとは違う青白い唇。つい先ほどまで私の手を引いていた大きな手は、動くことすらない。

「逝かないでください。お願い……。行基さん！」

冷たく感じる彼の手を強く握りしめ、何度も何度も名前を呼び続ける。

「私に死ぬなとおっしゃったばかりでしょう？」

そう伝えても、彼が反応することはない。私は枕元に座り、手を握り続けていた。

それからしばらくして、部屋の箪笥の奥にしまってあるあの懐中時計を持ってきて、行基さんの脈を測定し始めた。医者には時計の秒針が一周する間、手首で脈の回数を測れと言われている。

「八十八。多い……」

六十から八十くらいなら大丈夫と言われている。しかし、出血が多いときは脈が速くそして弱くなると聞いた。それはあまりよくない兆候だとも。

だから心配でたまらない。

「行基さん、頑張ってください。お願い……」

目を閉じたまま、浅い呼吸を繰り返し顔をゆがめる彼に声をかけ続ける。

カチカチと時を刻む懐中時計は、私と彼をつなぐ大切な思い出の品。これをもらったとき、どれだけ気分が高揚したか。それなのに、行基さんの命を見守るために使うことになるなんて、思いもしなかった。

あのときの優しい笑みを思い出し、胸がいっぱいになる。

「お願い、もう一度笑って……」

彼にねじを巻き忘れないように言われ、一橋家にいた頃も欠かさず巻いてきた。

それは行基さんとの幸せだった時間を決して忘れたくなかったからだ。

こうして夫婦になれた今も、毎朝必ず巻いている。

この満たされた時間がずっと続きますようにと祈りを込めて。

私はあふれてくる涙を拭いながら、ねじを巻き始めた。

だってまだ続くの。あなたとの幸福な時間は、この先もずっと——。


それからは、脈や呼吸を確認したり、汗を手拭いで拭ったり、血がにじんでくる包帯を取り換えたりする以外は、彼の手を握り続けていた。

「あやさま。私たちが代わりますから、少しお休みください」

深夜になり、貞ととわが顔を出した。

普段なら眠っている時間だけれど、皆が行基さんの心配をしていた。

「いいえ。苦しいのは行基さんです。私はそばにおります。なにかあれば呼びますから、皆さんは寝てください」

もしこのまま逝ってしまったら……と不安でたまらず、目を閉じることなんてできない。

そして、とうとう一睡もできないまま、夜明けを迎えた。

「行基さん、朝です。目を覚ましてください」

夜中はときどき苦悶《くもん》の表情を浮かべて唸っていたが、とりあえずは落ち着いてきた。

だけど、懇願しても目を開けることはない。

「行基さん……」

心配でたまらず泣きそうになったものの、ぐっとこらえる。

泣いたってどうにもならない。私が彼を絶対に助けるんだ。

それでも、昨晩よりは唇の色が赤くなってきているように感じる。もう一度脈を測

ると、七十八に落ち着いていた。

「あやさん」

しばらくして一ノ瀬さんが訪ねてきた。昨日、刺されたという一報を入れてから一度は来てくれたものの、後処理のためにすぐに出ていっていた。

「おはようございます」

「行基さんはまだ？」

「はい。落ち着いてきたようですが、目覚めなくて……」

肩を落として伝えれば、彼は眉をひそめる。

「大丈夫。行基さんはこんなことで死ぬような人じゃない」

「わかってます」

精いっぱいの強がりを吐くと、一ノ瀬さんはうなずいた。

本当は怖くてたまらない。初子さんの命が突然消えてしまったことを嫌でも思い出

し、あのときの胸の痛みがどうしてもぶり返してくる。

「警察に行ってきました。あの暴漢は同業者の社長でした。津田紡績は、行基さんの提案で大量の投資をして紡績機の入れ替えをしたのですが、そのおかげで生産速度が飛躍的に高まり、他社に流れていた注文が我が社に集まることとなりました」

初子さんと入れ替わって街を探索していたとき、通りかかった男性ふたりがそんな話をしていたのを耳にしたけれど、そのことを指しているのだろう。

「もしかして、それで注文が取れなくなった会社の？」

思ったままに尋ねると、一ノ瀬さんは神妙な面持ちでうなずいている。

「でも、あの会社から無理やり注文を奪ったわけではありません。津田紡績は、生産速度だけでなく、品質においても高い評価を得ています」

パーティでもたくさんの人から賞賛を受けていた。日本の紡績業が海外で認められるようになってきたのは、津田紡績の技術のおかげだと。

「それに、雇用の面でも……。津田紡績に続こうという会社は多数ありますが、賃金は最低限。一方我が社は、できる限り工場の従業員に還元していますので職を離れる人が少なく、よって技術を身につけた女工が他に流れることはありません」

技術をきちんと評価することで、他社に流れない努力もしているんだ。

「行基さんは以前、『地に足がついた生き方をしたい』とおっしゃっていました。まさにその通りのことをされているのですね」

成功を手にしてもおごり高ぶることなく謙虚に。そして支えてくれる人への尊敬の念や感謝も忘れず。だからこそ、津田紡績はこれだけ発展したんだ。

「はい。行基さんは血のにじむような努力をされてきました。それなのに、自社がうまくいかないからと逆恨みされるなんて、ふざけた話だ！」

一ノ瀬さんは唇を噛みしめ、怒りの表情を浮かべている。

「私のせいです。私と出かけなければ……」

出かけたいとせがんだわけじゃない。でも、やることがないと漏らしたのは事実だ。気を回した行基さんが、それならと連れ出してくれたんだろう。

「それは誤解です。こうした事態が起こらないよう社長にはいつも数人の秘書がついています。ですが行基さんが連れて歩くのは、せいぜい俺くらいです。でもそれは、息が詰まるから自由にしてほしいと行基さんが望んだことなんですよ。だから、行基さんが望めば俺すら行動をともにしないときもあります」

そういえば、懐中時計をもらったときも行基さんはひとりだった。

「だから、あやさんと出かけたからこんな事態になったわけではありません。昨日はたまたま休みでしたが、仕事中にひとりになったときを狙われる可能性もあったんです」

一ノ瀬さんはそう言うものの、目の前で行基さんが襲われたという事実に打ちのめされていて、うまく頭が働かない。

「行基さんはあやさんを泣かせたくなんてないはずです。必ずよくなります。あっ、舞の先生が見つかりましたよ。上達したら行基さんに舞ってみせてあげてくださいね」

「はい」

きっと一ノ瀬さんは、この先も私と行基さんとの生活が続くと言っているんだ。

「あやさん、寝てないんですね。代わりますから少し休んでください」

「いいえ。そばにいたいんです。心配で離れられません」

私は首を振った。

「うーん。それなら、行基さんと一緒に眠ればいいのに」

彼は行基さんが眠る布団をポンと叩く。

「そ、そんな……」

「夫婦なんだから、そんなに照れなくてもいいじゃないですか。恥ずかしいなら出ていきますから。暴漢の件と会社のことはお任せください。だから行基さんが目覚めたら、心配ないとお伝えくださいね。それじゃあ、なにかあったらすぐに連絡を」

一ノ瀬さんは一気にまくしたて、帰っていった。

「一緒に……」

眠りたいわけじゃなかった。だけど、心配で行基さんの体温を感じていたくてたまらない。

私はそっと掛布団を持ち上げ、隣に滑り込んだ。

「行基さん……」

もう一度呼びかけるとまぶたが少し動いた気がしたけれど、開くことはなかった。


それから二日。

彼はときどき唸り声をあげることはあれど、名前を呼んでも反応しない。

何度も何度も様子を見に来る義父も義母も疲れの色がはっきりと見えて、本邸の女中に頼んで休んでもらっている。

一ノ瀬さんはたびたび顔を出すものの、行基さんの穴を埋めなければならず、ずっと付き添うことはできない。その代わりにと藤原さんが様子見にやってくることも多かった。

「副社長はいかがでしょう?」

「はい。あまり状態は変わっておりません」

なかなか好転しないことを彼ももどかしく思っているらしく、あからさまに顔をしかめる。

「どうして副社長がこんなことに……。奥さまがいなければ、逃げられたのでは?」

「えっ……」

彼の発言に心臓が暴れ出して息が苦しくなる。

私がいなければ? たしかに、そうかもしれない。

行基さんは私を逃がそうと暴漢に背を向けた瞬間、切られた。一ノ瀬さんは私のせいではないと言ってくれたけれど、私がこんな事態を招いたんだ。

「華族さまは危機感がなくて、やはり我々とは違いますね。商売は、一瞬でも気を抜いたら失敗します。常に攻めの姿勢を忘れず、かつ守らなければ」

商売のことは私には難しい。でも、行基さんが努力し続けていることは伝わってくる。だから尊敬しているわけだけど、華族に危機感がないと指摘されても、どう答えていいのかわからない。

一橋の父は散在した挙句、爵位返上の危機にあったとはいえ、それは商売上の危機感とは別の種類のものだ。

「申し訳ありません」

少しもやもやした気持ちはあるものの、素直に頭を垂れた。

やはり藤原さんは、行基さんのことが大切でたまらないから私にあたっているんだ。

そして、その気持ちがわからなくはない。

「お願いです。副社長の人生を滅茶苦茶になさるのだけはおやめください」

「そんな、私は――」

「仕事に戻ります。失礼します」

藤原さんは反論する隙も与えず、帰っていった。

私が行基さんの人生を滅茶苦茶に？　そんなふうに考えたことはなかった。

もちろん、この結婚が愛という感情で結ばれたものではないことは百も承知だ。

しかし、行基さんを不幸にするために嫁いできたわけでは決してない。

藤原さんの辛辣な発言に震撼《しんかん》しながらも、ひたすら行基さんの無事を願った。

暴漢に襲われてから何度も医者に往診してもらい、当初は回復に向かっているとのことで安堵していたけれど、傷から入った菌のせいで発熱してしまった。

「うーん。そろそろ目覚めてほしいところですが……なにせ失った血液が多かったので菌と戦う力が弱まっていて、予断を許さない状態です」

医者の言葉はどこか落胆を含んでいる。

でも私はあきらめない。絶対に彼の命を空になんてやらない。

「行基さん、汗を拭きましょうね。今日はよい月夜ですよ。早く起きて一緒に見ましょう」

何度も話しかけ、回復をひたすら祈る。

添い寝をしながら繰り返し名前を呼びかけていたものの、まともに眠っていないせいか時折意識が遠のく。

「あや」

「えっ……」

すると、誰かが私の名を呼んだ気がして飛び起きた。

外はうっすらと明るくなりかけている。

空耳？

ハッとして行基さんの顔を見つめる。しかし、目は閉じたままだった。

「あや」

「行基さん？　行基さん！」

落胆したのもつかの間。再び私の名を口にした彼がゆっくりと目を開いていくのを見たら、感動のあまり顔がゆがんでくる。

笑顔を見せたかったのに、どうやら無理らしい。

「はー、生きていたのか」

「当たり前です」

涙をこらえようとしたのに、目尻からあふれてくる。

「心配かけたな。あやはけがをしていないか？」

「はい。行基さんが守ってくださっ――」

声が続かない。感激でむせび泣くと、彼は私の手を強く握りながら笑った。

「落ち着きなさい」

「はい」

返事はしたものの、涙は止まらない。

生きていてくれた。行基さんは死ななかった。

「眠っている間、ずっと誰かが俺を呼んでくれていたんだ」

「はい」

それは私だ。

「あや。もう一度隣に寝て」

「い、いえっ」

目覚めた彼の隣に自分からは恥ずかしくて行けない。

「血を失ったからか寒いんだ」

「えっ！」

驚き彼の左手を握ると強い力で引かれて、先ほどまでと同じように横に寝そべってしまった。

「すまん。お前が頑固だから嘘をついた」

「行基さん！」

すごく焦ったのに。

「そんなに怒るな。ほら、いつものように足を温めてやる」

彼は自分の足の間に私の足を挟み込む。そして、自由な左手で私を抱き寄せた。

「泣かせて悪かった」

「本当です……。お願いです。私を置いていかないでください」

声が震えたからか、行基さんは腕に一層力を込める。

「わかっている。どこにも行かない」

その力強い言葉に心から安堵した。


それからの行基さんの回復ぶりは目を瞠るほどだった。

会社には行けなくても、訪ねてくる一ノ瀬さんにてきぱきと指示を出していく。

「行基さん、先ほど工場より来月の生産計画書が来まして――」

「もう少し上乗せしてくれ。中国の需要が伸びている今、品薄になるのは避けたい。それと、今後も仕事は増えるだろうから、従業員の勤務時間が過多にならぬよう人材を確保できるといいんだが」

「承知しました。そのように」

頭を垂れた一ノ瀬さんは、私に笑いかけてから会社に戻っていった。

「あや。腹が減ったぞ。食べさせて」

「は、はい」

すっかり元気になった行基さんだけど、けがをしてから少しわがままだ。

利き手の右手を動かせないので仕方がないとはいえ、食事のたびに食べさせるよう要求する。私は団子を口に入れてもらったとき照れくさくてたまらなかったのに、彼は平気なんだろうか。

「なにから召し上がりますか？」

「そうだな。魚をいただこう」

手のかかる子供のようだけど、お世話ができることがうれしくてたまらない。

「あやも食べなさい」

「私はあとでいただきます」

「だめだ。一緒に食べなければ味気ないだろう？」

その発言に胸を弾ませていることを気づかれたくない。行基さんはちっとも食べられない私を気遣っているだけで、他意はないのだから。

行基さんが刺され、彼への想いが出会った頃よりずっと強くなっていることを知った。ただ、お慕いしているという程度ではなく、彼がいなくなったら私はどうなってしまうんだろうかと狂いそうだった。

もう、行基さんは私の人生の一部に組み込まれている。

でも、これほど重い気持ちをぶつけたら、社会的身分のために私と結婚した彼がするりと逃げていきそうで怖い。この想いは胸にしまっておかなければ。

食事が済んだあと、舞の先生が来てくれた。

すると、仕事の書類に目を通していた行基さんが、家ではできることが限られていて手持ち無沙汰だから、練習を見学したいと言い出した。

「でも、まだなにもできません」

「物事はなんでも最初の一歩があるんだよ。それを俺が見届けてやる。そのうち、となんでもなく上達した舞を披露してくれるだろうしな」

これは荷が重い。

だけど、自分からやりたいと言ったのだから、練習は必死に積むつもりだ。

「わかり、ました。ですが笑わないでくださいね」

渋々見学を受け入れると、彼はすこぶる上機嫌でうなずいている。

「それでは先日の続きです。指の先まで気を配ってください。姿勢を正して」

舞の先生はなかなか厳しい。

それでも記憶にない母と近づける気がしてうれしかった。


行基さんはそれから十日ほどで会社に復帰した。

まだ右手は不自由ながらも、それ以上休むと業務が滞り仕事に支障が出るとか。それだけ彼の力が重要だという証だろう。

しかも、予定されていた行基さんの社長就任が目前に迫っていて、一層忙しくなるのが目に見えている。

「あや、ボタンをはめて」

「はい」

「ベルトも頼む」

右手の指先は動くようになっているはずなのに、彼は指示を出してくる。

私は近くにいられるのがうれしくて、なにも言わずに従っていた。

「行ってくる」

「行ってらっしゃいませ。ご無理をなさいませんように」

「ああ」

行基さんは私に優しく微笑みかけてから、また朝食を食べに来ていた一ノ瀬さんとともに玄関を出ていった。


その日は、午前中は辞典をめくりつつ小説を読み、舞の練習もこなした。

午後になり、私と行基さんの部屋の掃除に取りかかる。本当は廊下の雑巾がけがしたくてたまらないけど、このふた部屋以外は手伝わせてもらえない。

そのとき、箪笥に隠してある懐中時計を取り出して眺めた。

今朝も忘れることなくねじを巻いたそれは、カチカチと時を刻み続けている。私と行基さんの幸せな時を。

「生きていてくださって、よかった……」

初子さんは今頃、周防さんと幸せに暮らしているかもしれない。それでも生きてそういう道を選んでほしかった。死ぬくらいなら、駆け落ちでもなんでもできたはずなのだから。

『残された者は寂しくて仕方ないのよ』

開いている障子の向こうに見える勿忘草色の空に向かって、心の中でつぶやいた。

「そういえば……」

行基さんが目覚めたとき、この時計を見られなかっただろうか。枕元に置いてあったので、慌てて着物の袖に隠したけれど。

時計について触れないということは、気づいていないのかしら？　それとも、懐中時計はいくつも持っていると言っていたので、この時計の存在自体を忘れてる？

最近、行基さんは腕巻時計を愛用していて、懐中時計を使っているところは見ていない。

「さて、次は繕い物でもしようかしら？」

彼の浴衣がほどけていたような。

女中に言うと仕事を取られそうなので、裁縫道具を持ち、こっそり行基さんの部屋に向かった。


それからさらに十日ほどしたお休みの日。

行基さんの包帯がすっかり取れた。順調な回復をしているという。

だけど、医者の診察の横で傷痕を目の当たりにした私は、まだ赤く痛々しく腫れ上がったそれを見て顔が険しくなる。

「もう普通にしても大丈夫です。ですが、重い荷物を持ったりするときはお気をつけください」

「世話になりました」

医者が出ていくと、彼は私にチラッと視線をよこす。

「なんだ、その泣きそうな顔は」

「だって……」

「こっちに来てごらん」

少し離れたところに座っていた私は、恐る恐る近づいた。

「見てみなさい。もう傷はすっかりふさがっている」

彼は腕を差し出してくる。

「あら、本当ですね」

切られた十五センチほどの筋が赤くなっていたので、まだ皮膚がくっついていないとばかり思っていたが、そうではなかった。

「痕は残ってしまうが……あやは嫌か？」

「えっ？」

どうして私に聞くの？

「あやは、傷を持った俺に抱かれるのは嫌か？」

「だ……」

思いがけない発言に、目を白黒させて言葉が続かない。

「ははははっ。いい反応だ。お前をからかうのはなかなか楽しい」

「行基さん！」

怒ってみせたものの、彼が上半身裸なことを今さらながらに意識して、顔をそむける。傷にばかりに目が行って、まったく気にしていなかったからだ。

「どうした。顔が赤いな」

「み、見ないでください」

背を向けて離れようとすると、うしろからグイッと抱き寄せられる。

「ゆ、行基さん、離してください」

「だめだ。お前は鳥のように飛んでいってしまいそうだからね。俺の籠の中にはとても収まりきらない」

そういえば、前にも『鳥のよう』と言われたような。

「飛んでなど行きません。私はここにしか居場所がないんです」

思わず本音がこぼれた。

もう一橋の家には帰りたくない。女中の仕事が嫌だったわけではないし、初子さんや孝義との生活は楽しかった。でも、私のいるべき場所ではなかった。

私の顔を見るたびに不機嫌になる母をも不幸にしていた気がする。

「あや……。お前の居場所は俺が守ろう。だから、もう不安に思わなくていい」

「行基さん……」

たとえ行基さんに想い人がいたとしても、私は彼のそばから離れられない。

だって、これほどまでに優しく、そして大切にされ……幸せで満たされているんだもの。

彼は左手を私のお腹のあたりに回したかと思うとグイッと抱き上げ、なぜか胡坐をかいている膝の上に乗せる。

「えっ……」

行基さんの厚い胸板が嫌でも視界に入り、あたふたしてしまう。

「夫婦なんだから、そんなに照れなくてもいい」

「そんなことを言われましても……」

いたたまれなくなりうつむくと、彼は私の頭を引き寄せて自分の肩に誘導した。すると途端に心臓が暴れ出し、それが伝わっていないか心配になる。

「暴漢に襲われたとき、この命に代えてでもあやを守りたいと思った。だが、血の気を失っていく途中、お前のそばにいたいとも思った」

行基さんの突然の告白に仰天する。

「あやがここに来てから、俺はどうやら欲ばりになったようだ。朝はお前の笑顔で目覚めて、夜はお前の冷たい足を温めながら眠りたい。疲れて帰ってきたときは、お前の出迎えで癒されたい」

欲ばりなんて言い出すから何事かと思ったけれど、ごく当たり前の日常だった。

「俺の中でお前の存在がどんどん大きくなっているんだ」

「本当ですか？」

彼は私の大好きな優しい笑みを浮かべてうなずいている。

どうしよう、泣きそうにうれしい。

藤原さんに『副社長の人生を滅茶苦茶になさるのだけはおやめください』なんて言われて落ち込んでいたけれど、行基さんにとって邪魔な存在じゃないことがわかって安堵した。

「襲われたあの日。混濁した意識の中で、誰かが何度も俺の名を呼んでいた気がしたが、あれはあやなんだろう？」

「はい」

うなずくと彼は私の頬に手を伸ばし、そっと触れてくる。

「目覚めたとき、お前がいてくれて……生きてお前を抱きしめられて、どれだけうれしかったか」

彼が切なげな声で囁くので、胸がいっぱいになる。

「あやのおかげでこちらに踏みとどまれた。あやにもう一度会いたいと強く思ったんだ。お前を娶る前なら、生きることをあきらめていたかもしれない」

驚くような発言に背筋が凍る。

たしかに医者も、なかなか目を覚まさない彼を前に渋い顔をしていた。

「そんなの、私が許しません。絶対に、許しません！」

語気を強めて言うと、彼はククッと笑う。

「あやの怖いお叱りを受けたくないから、これは必死に頑張らないと」

行基さんが茶化した言い方をするので、私も噴き出した。

それから外の風に当たりたいと、ふたりで縁側に移動した。

行基さんは、足を崩して座った私のうしろにぴったりとくっつき、抱きしめてくる。

この体勢、緊張するんだけど……。

私は体をカチカチに固まらせているというのに、彼は平然とした様子だ。

「美しい夕焼けだ」

「そうですね。明日も晴れそうです」

こうして同じ空を眺めていられるのがうれしくてたまらない。

「お前のことだ。出かけたくてうずうずしているんだろう？」

「はい、ちょっと。でも、行基さんがそろえてくださった小説があるので退屈はしていません」

漢字の読み方や意味を調べながらなので時間はかかるものの、少しずつ知識が増えていくのが心地よくてやめられない。

「今はなにを読んでいるんだ？」

「恋愛小説です。女学生と帝国大学生の恋なんですけど、それはもう、互いを思い合っていて美しくて……」

まだ途中だけど、ふたりの純粋な恋に心を奪われている。

「本の選択は信明に任せたんだが……あいつが読んでいるとは思えない。さては本屋で、女の好むものをと求めたな？」

「そうかもしれませんね」

一ノ瀬さんはそういうところはぬかりない。行基さんの片腕として秘書という重要な立場にいる彼は、すこぶる頭の回転が速い人だ。

「それで、あやもそんな情熱的な恋を望んでいるのか？」

冷静にそう問われても、『はい』とは言えない。

私はもう行基さんに心奪われている。でも、彼のほうがそうでないのなら、小説のような〝情熱的な恋〟は難しい。互いを強く求め合わなければ、成立しないからだ。

なにも答えられないでいると、「あや」と彼は私の耳元で名を呼ぶ。

その声が艶っぽくて、一気に体温が上昇していく。

「俺はお前としたいよ。情熱的な恋を」

「えっ？」

今なんとおっしゃったの？

聞き間違いかと思い顔をうしろに向けると、彼は熱を孕《はら》んだ視線を送ってくる。

「あやは、嫌か？」

本気、なの？　想い人がいるんじゃないの？

だってあなたは、『きみを愛せないかもしれない』と覚悟を迫ったのよ？

「嫌なわけ……」

嫌なわけがない。嫁いだときから、いや、初めて出会ったあの日から、私はあなたに恋をしているんだもの。

「それなら、俺としよう。情熱的な恋、を」

行基さんはそうつぶやき、ゆっくり近づいてきて唇を重ねた。

柔らかくて温かくて……そして甘い口づけのせいで、頭が真っ白になる。

しばらくして離れていった彼は、呆気に取られている私の目を凝視して、「あや」ともう一度名前を呼んだ。

『はい』と返事をしたいのに、思考が固まり言葉が出てこない。

私……行基さんと接吻《せっぷん》をしたの？

『情熱的な恋』と彼は言ったけど、それは私を好いてくれているということ？

「愛している」

切なげな声でそう吐き出した行基さんは、私を強く抱きしめ、再び唇をつなげる。

熱い愛の告白に胸がいっぱいになり、彼の着物を強くつかむ。

すると、彼は私の唇を舌で割って入ってきて、口内を蹂躙《じゅうりん》し始めた。

「んんっ……」

どうしたらいいのかわからず、なすがまま。息が苦しくて離れようとしたものの、それを阻まれ何度も角度を変えての激しい口づけが続く。

やっと離してもらえたときには、肩で息をするほどになっていた。

「あや。一生大切にする。俺が守り続ける」

「行基さん……。うれし――」

そのあとの言葉は、彼の唇に吸い取られてしまった。

何度も何度も熱い抱擁《ほうよう》を交わしたあと、彼は私を突然抱き上げて部屋へと向かう。

「行基さん、傷に障りますから下ろしてください」

恥ずかしさもあり懇願したのに「だめだ」と拒否される。

部屋に入り障子をピシャリと閉めた彼は、畳の上に私を下ろして覆いかぶさってきた。

「あっ、ち、ちょっと待って……」

すぐに首筋に唇を押し付けられ、ひどく慌てる。

これはもしかして……。

「待てない。あやが欲しい」

あからさまな言葉に、体が火照るのを感じる。

でも、まだ外はうっすらと明るいし、まさか突然こんなことになるとは思っていなかったので、心の準備が整わない。

「んっ……あっ」

私の襟元をグイッと開いた行基さんは、鎖骨のあたりを舌で舐め、音を立てて吸った。

「怖いか?」

どんなことが行われるかは、少しはわかっているつもり。行基さんに体をゆだねればいいと教えてもらったものの、何事も初めての経験には不安がつきものだ。

「はいっ」

「ぷっ、ははは。正直なやつだ。だが、やめてはやれないな。お前のすべてを俺のものにしたい」

彼は見たことがないような意地悪な笑みを浮かべて、私を見下ろす。

「こ、怖いですが、やめてほしいわけでは……ありません。ただ、まだ明るくて恥ずかし――」

もうすぐ夜の帳《とばり》が下りてくるとはいえ、まだ明かりを灯さずとも互いの顔がはっきりと見える。こんな状態で裸をさらすなんて、顔から火を噴きそうだ。

自分の頬が真っ赤に染まっていくのを自覚しながらそう口にすると、彼は私の髪に手を伸ばしスルッと撫でたあと額に唇を落とす。

「少し急ぎすぎたな。それに、初めてなんだから大切に抱きたい。でも、今夜は容赦しないぞ」

明るくて恥ずかしいなんて言ったけれど、裏を返せば暗ければいいということになる。それはそれで大胆な発言をしたと、少々後悔している。

しかも『今夜』と宣言され、それまでこの緊張が続くのかと思ったら、いっそ今抱かれたほうがよかったのでは？と考えるほどだった。

だって心臓が暴れ回り、口から出てきそうなんだもの。

そんなことを知ってか知らずか、体を起こした彼は私を抱き上げて向き合うように膝の上に座らせたあと、強く抱きしめてくる。

「まさか、お預けを食らうとは」

「す、すみません」

もしかしたら、とんでもなく失礼なことをしたのかしら。

「謝らなくていい。欲というものは抑圧されればされるほど、弾けたときの力がすさまじいと教えてやる」

「は、はいっ？」

どういうこと？

「あはは。今のは聞かなかったことにして」

彼は腕の力を緩め、目が飛び出しそうな私の顔を見つめて肩を震わせていた。

「あやは、俺の妻になって後悔はない？」

再び私を抱きしめた彼は、唐突にそう聞いてくる。

「まったくありません。行基さんをお慕いしております」

正直な胸の内を口にするのには勇気が必要だった。

だけど、『愛している』と言ってくれた彼に、包み隠さず伝えたくなった。

「そうか。それならよかった。あんな形で婚姻関係を結んだから、心配だったんだ」

「行基さんは、後悔はないのでしょうか？」

私は思いきって尋ねた。

愛おしく思う女性が他にいるのではないかとずっと勘ぐっていたからだ。

「もちろん、ない。あやと生活を始めて楽しいことばかりだし、愛おしいと思う気持ちが日に日に強くなる。ただ……俺の近くにいるとなにかと――」

「なにかと？」

少し困ったような表情を見せる行基さんに首を傾げる。

「いや、なんでもない」

彼が言葉を濁したので、その先を聞くことができなかった。

夕食の時間になり、緊張のあまり食事中に何度も箸を落とすと、隣に座る行基さんはクスクス笑いながら、私の膳の料理に手を伸ばす。

足りないのかしら？と思って見ていると、黒豆の煮物をつかんで私の口の前に差し出してくる。

「ほら、口を開けて」

「いえっ、自分で」

「そうは言っても、さっきから全然食べ進んでいないぞ?」

たしかに、箸を落とすやらボーッとするやらで、なかなか食べられない。

「そうですけど、旦那さまにそんなことは……」

「旦那だからできるんだ。他の男にさせたら許さない」

彼はにやりと笑い「ほら」ともう一度急かすので、小さく口を開いた。

「どう?」

「おいしい、です」

これじゃあますます緊張するじゃない。

本当は味なんてわからなかったもののそう返すと、彼は「こっちにおいで」と胡坐をかいていた自分の膝をポンと叩く。

まさか、また膝の上に来いと?

完全に固まり、瞬きすること数回。しびれを切らした行基さんは私の腕を捕まえ、強い力で引き寄せる。

「行基さん、右手は酷使しないでください。重い荷物を持ってはいけないとお医者さまが……」

「あやは荷物じゃない。愛おしい女だ」

そんな返しをされたらお手上げだ。結局、膝の上に乗る羽目になり、しかも、食べさせられるというとんでもなく恥ずかしい行為つき。

「行基さんが食べられないですから」

「それなら、あやが食べさせてくれればいいだろ。ずっとそうしていたじゃないか」

「それは手が不自由だったから……ん」

反論すると、かぼちゃの煮つけを口に入れられる。

「いいから、おとなしく甘やかされなさい。俺がそうしたいんだから」

こんな言葉を囁く人だとは知らなかった。

どうにも逃げられそうにないと観念した私は、そのまま食べさせてもらった。


そして湯浴みをしたあと、いよいよ……。

「あや、さっきからなにをしている。入っておいで」

決心がつかず部屋の前でしばらく立ち尽くしていたけれど、どうやら気づかれているらしい。

「は、はい……」

今日は彼の浴衣に合わせて作ってもらった、古代紫色の浴衣を纏ってきた。

障子を閉めて正座すると、彼のほうが立ち上がり近づいてくる。

「緊張してるのか？」

「は、はい……。心臓が破れそうです」

正直に答えると、彼は自分の浴衣の襟元を少しはだけさせて、私の手を胸に押し付ける。素肌に触れたのは初めてではないけれど、トクンと心臓が音を立てた。

「鼓動が速いのがわかる？　俺も破れそうだ」

行基さんも？

「なにも心配しなくていい。お前は俺に愛されていればいい」

「……はい」

その優しい言葉のおかげで、体をゆだねる決心ができた。

それからすぐに布団に行くのかと思いきや、明かりを落とした彼は食事をしたときのように膝の上に私を乗せ、うしろから浴衣の首元をグイッと開いてくる。そしてあらわになった肩に、熱い唇を押し付けた。

「ん……」

それだけで甘い吐息が漏れてしまい、恥ずかしさのあまり口を押さえたけれど、その手を剥がされる。

「男は好きな女の声が聞きたいんだよ」

「でも、恥ずかしくて……無理です」

「それなら、我慢できなくさせてやる」

とんでもない発言をした行基さんは、私の耳朶を唇で食み、はだけた胸元から手を差し入れてくる。そして胸を優しく包み込み、感触を確かめるようにやわやわと揉みしだく。

「あ……」

小さな声が漏れてしまったけれど、彼は気にする様子もない。

「羞恥心《しゅうちしん》を捨てて己《おのれ》の本能に従えば、より深い快楽を得られるぞ」

それは声をこらえるなと言っているの？

でも、羞恥心を捨てるなんてこと、できない。

小さく首を振ったものの、体が勝手にビクビクと震え、甘いため息が漏れる。

「いい反応だ。布団に行こうか」

心臓が破れそうだと言った彼だけど、余裕しゃくしゃく。戸惑いしかない私を抱き上げ、隣の部屋の布団に下ろす。

「あや、愛しているよ」

そして私の顔の横に両手をついて、そう囁いた。

暗闇に目が慣れてきて、うっすらと彼の表情が見える。

「行基、さん……」

まさか、こうして愛される日が来るなんて。

どこかであきらめていたので感無量だった。

彼は私を愛おしそうに見つめたあと、乱れた胸元をさらに一層開き、露出した胸を愛撫し始めた。

「んっ……はぁっ」

我慢するつもりだったのに、どうしても声が漏れる。

『我慢できなくさせてやる』という言葉通り、あっさり陥落した。

肌に舌を這わせる彼は、大きく骨ばった男らしい手で私の太ももを撫でる。その触れ方が優しくて、少しずつ体が開いていく。

「あ……ああっ」

丁寧に、そしてゆっくりと。決して焦ることなく私を翻弄《ほんろう》する行基さんは、何度も怖がっていないか確認するように目を合わせてくる。情欲を纏ったその視線のせいでますます感情が高ぶり、いつの間にか背をのけ反らせて悶《もだ》えていた。

「あや。……あや」

何度も私の名を口にする彼は、全身に舌を這わせる。

「あっ、あぁぁぁ……っ」

そして……私たちはひとつになった。

痛くて彼の腕を強くつかんだとき、あの傷に触れてしまいハッとする。

「ごめんなさい」

「大丈夫だから気にするな。お前のほうがつらいだろう？」

私をいたわる彼の言葉に首を振る。

「幸せ、です。行基さんに愛されて、私……」

憧れの人の愛を一身に受け、感動のあまり言葉が続かない。

「俺もだよ。ずっとふたりで生きていこう」

行基さんは指を絡めて手を強く握り、ゆるゆると腰を動かし始めた。

あなたが好きなのに

る。
行基さんと身も心も結ばれてから、今までになく心が安定してきたように感じてい

いつか愛してもらえるかもしれないという希望だけでいいと思っていたけれど、本当は愛されたかった。その愛を存分に注がれて、私の気持ちは高揚していた。

「あやさま。踊りに艶が出てまいりましたね。練習の成果でしょうか」

舞踊の先生にそんな指摘をされ、ドキリとする。

もちろん練習は欠かさずしているが、艶が出てきたというのは、あれから毎晩のように行基さんに抱かれているからかもしれない。ずっと私を抱こうとしなかった彼だけど、一度体をつないでしまうと激しく求めてくるようになった。

しかし、正式に社長に就任した彼は一層忙しくなり、帰りが遅くなったり休日を返上したりすることも増えてきた。

その代わり、少しでも時間があると、私のことを気遣い誘い出してくれる。

「あや、いるか？」

「はい。ただいま」

十一時すぎに突然戻ってきた行基さんが、玄関から呼ぶ声が聞こえた。

自分の部屋の掃除をしていた私は、慌てて飛んでいく。

「どうされたんです？　忘れものですか？」

「時間ができた。西洋料理店に、メンチボーを食べに行こう」

「本当ですか！」

数日前、新たにそろえてもらった小説の中にメンチボーが出てきて、それを興奮気味に話したから、気にかけてくれていたのだろう。

なんでも肉をちぎったパンとともに包丁で叩いて、卵黄と塩などを加えて成型したものを焼く、西洋の食べ物なんだそうだ。

「悪いが信明も同席する。少し仕事の話があってね」

「私もご一緒してもいいんですか？」

仕事の話があるのなら邪魔ではないのかと思い尋ねた。

「もちろんだ。どちらかというと、信明に遠慮してもらいたい」

「行基さん？　どうしてもあやさんと食事がしたいからと時間を捻出したんですよ？」

私たちが玄関で話していると、扉の向こうから一ノ瀬さんが姿を現す。

「これだけ働いているんだから、少しくらいいいだろう？」

「まあ、行基さんが社長として手腕を発揮されるようになってから、業績はさらにうなぎのぼりですから文句は言えませんが」

ふたりは社長と秘書の会話をしているけれど、本当に仲がよく、信頼し合っているのがわかる。

「すぐに支度をしてまいります！」

メンチボーは高級品だそうだ。それなら格式の高い料理店に行くのかもしれないと、着物を着替えに部屋に向かった。

十分ほどで戻ったものの、ふたりの姿はない。玄関から顔を出してみると、門の向こうから話し声が聞こえてきた。しかし、ひとりは女性の声だ。

女中の誰かかしら？

誰だろうと思いながら、行基さんに買ってもらった履物をはいて外に向かった。

門まで行くと、知らない女性が私に気づきハッとしたような顔をする。そして、慌てたように頭を下げて去っていく。

おそらく私より少し年上の、色白で品のある美しい女性だった。

「行基さん、今の方は？」

「ああ、近くに住んでいて幼い頃に信明と三人でよく遊んでいた、妹のような存在の人だよ。久しぶりに会ったから挨拶を」

「そう、ですか……」

ざわっと胸に妙な感覚が走る。こんなことは初めてだ。

それがなんなのかはわからないまま、行基さんがいつものように私の手を支えて人力車に乗せてくれたので、笑顔を作った。


それから時折、その女性を見かけるようになった。

朝、行基さんをお見送りするときのこともあれば、街に買い物に行くときのこともある。近くに住んでいるはずなのに、それまで一度も姿を見たことがなかったのが不思議なくらいだった。

その日は、注文を出してあった行基さんの新しいシャツが出来上がり、とわが取りに行くと言うので、気分転換に私が行くことにした。

外出しようとすると、その女性とすれ違った。

「あのっ」

行基さんのお知り合いならば挨拶をしておいたほうがいいだろう。

そう思い声をかけると、立ち止まってくれる。

「はい」

「いつも主人がお世話になっていますようで」

声をかけたはいいが、こんなときになんと言えばいいのかわからず、当たり障りのないことを口にする。

すると彼女は一瞬顔をしかめる。だけど、すぐに笑顔を取り戻して丁寧に頭を下げた。

「いえ。行基さんの奥さまがこんなにきれいな方だなんて」

彼女の声は高く澄んでいる。

艶やかな着物を纏い、背筋をスッと伸ばして歩く様が初子さんの姿と重なり、良家のご令嬢か奥さまなんだと感じた。

「とんでもございません。私、あやと申します。失礼ですが……」

「ご挨拶が遅れました。大村章子《おおむらあきこ》です。行基さんからお聞きになっているかと思っておりましたので」

どういうわけかそのひと言に胸がチクンと痛む。

彼はなぜ教えてくれなかったんだろう。いや、特に今お付き合いがないのなら私が知る必要もないか。

「行基さんとは幼なじみでして。ずっとお慕いしておりました。彼もかわいがってくださって」

どうしてだろう。初めて見かけたあの日から、胸騒ぎが止まらない。

「はい、行基さんが妹さんのようだと言っておりました」

そう返すと、彼女の顔がピリッと引き締まったような気がした。

「行基さんのことは、今でもお慕いしております。奥さまに負けないほどに」

「えっ……」

「失礼します」

章子さんはなぜか挑発的な態度で意味深な言葉を残し、そそくさと去っていく。

今でも、って……。もしかして、兄妹として慕っているのではなく、男女の間に芽生える気持ちを抱いているということ？　行基さんにもそういう思いがあるの？

ううん、そんなわけがない。彼は私に『愛している』と囁いてくれた。

だけど……。縁談が持ち上がったときのことを思い出す。彼は『俺は、きみを愛せないかもしれない』とはっきり口にした。

そのときはまだ、章子さんのことを好きだった、とか？　だから、爵位を持つ一橋家のうしろ盾が欲しくて結婚したとしても、心まではやらないよと念を押したのかも。

少なくともあのとき、行基さんの心に想う人がいるに違いないと感じたことは否定できない。

その一方で、『地位がなくても、私が会社を盛り立ててみせます』とお義父さまに告げたのも事実。つまり、彼自身は爵位を必要としていなかったはずだ。

それなら、章子さんとの愛を貫くこともできたのでは？

「どういうことなの？」

初子さんと周防さんのときのように、両親の強い反対があったのだろうか。

だけど、見るからに章子さんは良家のお嬢さんだ。初子さんたちのように身分の差がさほどあるようには思えない。お義父さまが爵位にこだわったのかもしれないけれど、津田家にとって釣り合わない人ではないだろう。

頭の中が混乱してきて、唇を噛みしめる。

「あっ、シャツ……」

こんなことになるのなら、声なんてかけなければよかった。

そんな後悔を抱えつつ、歩き始めた。

シャツを受け取ったあと、いつも懸命に働いてくれる女中たちへのお土産に団子を買って帰ろうと思っていたのに、それすら忘れていた。

自分の部屋に戻り、舞踊の稽古をしようと思ったけれど、一度座り込んだら立ち上がる気力がない。

「行基、さん……」

震えそうになる体を自分で抱きしめ、彼の名を口にする。

「妻は私なの」

ふたりの間にどんな感情があろうとも、妻は私。

だけど……。

実母のことをぼんやりと考える。

一橋の父と生みの母がもし本気で恋に落ちたとしたら、一橋の母が私を疎ましく思う気持ちが痛いほどわかる。

こんなことで一橋の母の気持ちを理解するなんて皮肉だった。

今でこそ少なくなったとはいえ、少し前までは妾という存在は珍しくはなかったようだし、妻がありながら他に女性がいることを、父もさほど悪いことだとは思っていなかったはずだ。

けれど女の立場としては、自分ひとりだけを見ていてほしい。他の人になんて目をやらないでほしい。ましてや、子をもうけるなんて……耐えられない。

私が思い描く〝情熱的な恋〟とはそういうもの。しかし、行基さんが私と同じ考えとは限らない。

「ああっ！」

考えが堂々巡りをして、頭を抱える。

ほんの少し前までは、愛してもらえなくてもそばにいられるだけで幸せだなんて思っていたのに。一度愛される喜びを知ると、離したくなくなる。

だけど、人の心が誰かに指示されて動くものではないと、初子さんと周防さんを見て知っている私には、どうすることもできない。

愛されたいと願うなら、愛したいと思うような人間でいなければ。行基さんの愛が欲しいなら、彼が求めるような妻に。

「頑張るしかない」

私は決意をあえて口に出して、自分の気持ちを引き締めた。

それからは、行基さんの妻として、そして津田家の嫁として、どんな女性が理想的なのかだけ考えて行動した。

突拍子もない発言は控えて当たり障りのないことだけ口にして、日中は部屋にこもり、一ノ瀬さんに頼んで買ってきてもらった経済に関する書物をひたすら読んでいた。

恋愛小説を読んで胸をときめかせている場合じゃない。私の夫は一流の会社の社長なの。その彼にふさわしい妻でなくては。

きっと、またあのパーティのようなものも催されるだろう。それなら、なにを聞かれても困らないようにしなければ。

「行基さん、お疲れでしたら肩でも揉みましょうか？」

風呂上がりに彼の部屋に向かい、仕事の書類に目を落としていた行基さんに声をかけると手招きをされた。隣まで歩み寄ると、膝の上に座らされ髪を撫でられる。もはやこれは習慣化している。

「肩揉みはいい。それより、お前の話を聞かせてくれ。今日はなにがあった？」

「と言われましても、特になにも……」

指摘されて初めて気がついた。私、まったく心が動いていないわ。

章子さんにあんな話を聞かされるまでは、毎夜彼の膝の上で、その日感動したこと、楽しかったこと、新しい発見などを話し、それを『うんうん』と目を細め相槌を打ちながら聞いてもらえるのがうれしかった。

「なにもって……。なにかあったのか？　最近のあやは少し変だぞ。元気もないし、ほとんど出かけることもないそうじゃないか」

女中に聞いたのか……。

「気のせいです」

そう言いながら笑顔を作ったのに、彼は眉根を寄せる。

「お前は鳥でいいんだ。自由に飛び回りたくさんの世界を見て喜びを知るがいい。その代わり、羽を休めるのは俺の腕の中だけだ」

本当に戻ってきてもいいの？

あなたは、章子さんと一緒にいたいんじゃないの？

行基さんはすこぶる優しい人。私を妻としたからにはと、自分の気持ちに蓋をしている可能性だってある。

だけど……章子さんのところに行ってくださいと、手を離すなんてことはできない。もう私の心は彼に囚われてしまった。ここにしか居場所がない。

そんなことを考えていると顔が険しくなっていたのか、行基さんは私の頬をつねり、「笑顔がないぞ」と促す。

「すみません。そうですね、笑っていないと」

彼と一緒にいられるこの瞬間を笑顔で過ごせなくてはもったいない。

口角を上げると、彼も白い歯を見せた。


翌日からは笑顔を心がけてはいたものの、どうしても今まで通りというわけにはいかなかった。

行基さんを失いたくない、嫌われたくないという気持ちが先立ち、章子さんとの関係を直接尋ねることもできなし、これまでのように奔放に駆け回ったりもできない。

「子ができたら……」

ふとそんなことを考えている自分に嫌気がさす。

それではまるで、彼の心をつなぎとめるために産むようなもの。そんなの、生まれてくる子がかわいそうだ。

だって……もしかしたら私がそうだったのかもしれないから。

そんなことを考えていると、藤原さんが訪ねてきた。

行基さんが仕事で忙しいと、一ノ瀬さんや藤原さんが必要なものを取りに来たり、はたまた私が寂しがっているかもしれないと心配する行基さんの配慮で、小説の差し入れに来てくれることすらある。

「いらっしゃいませ」

貞に呼ばれて玄関で藤原さんを出迎えると、彼は小さくお辞儀をする。

「突然申し訳ありません。社長に書類を持ってくるように頼まれました」

「はい、探してまいりますので、上がってお茶でも」

「ありがとうございます」

棘《とげ》のある言葉をしばしば口にする彼が少々苦手ではあるけれど、行基さんを支えてくれているのだから、できるだけもてなしたい。

客間に通して貞にお茶を頼んだあと、教えられた書類を探しに行基さんの部屋に向かう。するとすぐにその書類は見つかり、客間の藤原さんのところに戻った。

「ございました。こちらでよろしいかお改めください」

お茶を飲んでいた彼の斜め前に座って書類を差し出すと、すぐに確認を始める。

「はい、たしかに」

いつもはこれで帰っていくのだが、彼は立ち上がろうとせず私に視線を向けた。

「あやさんは、一橋家のご令嬢ではありますが、お妾さんのお子さまだとか」

唐突に出生について尋ねられ、頭が真っ白になる。

「……はい。その通りです」

行基さんも承知の上で私を受け入れてくれているし、隠し立てするのもおかしいと思い、肯定の返事をした。

「社長はだまされたんですね。津田紡績のことを考え華族の令嬢と婚姻関係を結んだつもりだったのに、実は妾腹の子だったなんて。私たち商売人を馬鹿にするのもいい加減にしていただきたい」

「馬鹿になど……」

断じてそんなことはない。堕落した生活を送る一橋の父より、行基さんのことを尊敬しているくらいなのに。

華族は社会的には身分が高く、それを鼻にかけている人たちもいる。だけど私は、一度だってそんなふうに思ったこともないし、女中として働いてきた私は、どちらかといえば庶民に近い立場だった。

「あやさんのほうから身を引かれるべきでは？」

「身を引く？」

とんでもないことを言い出され、目を見開く。

離縁しろと言っているの？

「まんまとだまされたことが広まれば、社長のお立場がない。津田紡績のために身を削るようにして働いてこられたというのに、あんまりだ」

藤原さんは呆れたような表情で、何度も首を横に振る。

「ですが、行基さんは私の出生についてご存じで、それでも妻として置いてくださって――」

「なにもおわかりではないんですね。妻のくせに」

私の精いっぱいの反論を退ける彼は、冷たい視線で突き刺してくる。

「社長は仕事ではすこぶる厳しいですが、常に従業員のことを考えてくださる優しいお方。あやさんが正当な華族の令嬢ではないとお知りになられても、追い出すなんてことはされないでしょう。だからこそ、あなたのほうからと申し上げているんです」

心が凍っていく。

行基さんが優しい人だということは、藤原さんに言われなくてもわかっている。

でも、だから？　だから私を追い出せないの？

行基さんは『愛している』と囁き、いたわるように抱いてくれた。それも優しさから出る嘘だと言うの？

「よくお考えください。津田紡績と社長のために。それでは」

藤原さんは自分の意見を主張して帰っていった。

「身を、引く……」

章子さんの存在を知り動揺している私にとって、藤原さんの発言の数々は、傷に塩をすり込まれたようで、悲鳴をあげたくなるほど痛い。

私が身を引いたら、行基さんは幸せになれるの？　私は彼の優しさに甘えているだけで、邪魔な存在なの？

頭をガツンと殴られたような痛みに耐えかね、しばらくの間立ち上がることすらできなかった。


「あやさん。いるんでしょ？」

「えっ、はい……」

障子の向こうの空が茜色に染まりかけてきた頃、一ノ瀬さんの声がしてようやく我に返った。

「こんにちは。女中が部屋から出てこないと心配していましたよ。どうかしましたか？」

「いえ。すみません……」

部屋に入ってきた彼は、数冊の経済に関する本を差し出してくる。

追加で頼んであったのを忘れていた。

「こんな本、読んでいてもつまらないでしょう？　俺や行基さんにだって難しい。あやさんは、恋愛小説を読んでいればいいんですよ」

「行基さんのお役に立ちたくて」

「もう十分じゃないですか。あやさんが津田家に来られてから、行基さんは生き生きしている。仕事も絶好調です。でも最近は浮かない顔をしていて、ときどき俺の話も聞いていない」

そうなの？　旦那さまの変調に気づかないなんて、やはり妻失格だ。

呆然として一ノ瀬さんに視線を合わせると、彼は「ふぅ」と小さなため息をついた。

「実は、今日は行基さんに頼まれて来たんです。どうしたらもとの元気なあやさんに戻せるのかわからないと悩んでいて。自分に言えない悩みを抱えているかもしれないから、それを聞いてやってほしいと」

どうして行基さんはこれほどまでに優しいんだろう。心遣いに胸が震える。

「いいえ。悩みなど……。ただ私は、行基さんの妻としてどう振る舞えばいいのかと考えて……。ううん、そうじゃないですね。私が妻でいいのかと」

つい先ほど藤原さんから浴びせられた言葉の数々が、じわじわ私を苦しめてくる。

そのため、本音を口にしてしまった。

行基さんのことが好きだから、困らせるようなことはしたくない。

「なにを言い出すかと思えば。行基さんの妻はあやさんしか考えられません」

それを聞き、少しホッとした。一ノ瀬さんも言わないだけで、藤原さんと同じような考えを持っているのではないかと邪推していたからだ。

「それに、どう振る舞うかなんて考えなくても大丈夫ですよ。あやさんらしくが一番なんじゃないでしょうか。そりゃあ、津田紡績の社長夫人となれば、注目されることもあるでしょうし、それなりの品格も求められます。でも、あのパーティのときのあやさんはとても立派でしたし、行基さんだって鼻が高かったはずです」

そうなんだろうか。

私にもっと教養があって、にじみ出てくるような品位があれば……と、思えてしまう。そう、章子さんのように。

だめだ。章子さんのことを意識するのではなく、自分が頑張るしかないと気持ちを戒《いまし》めたばかりなのに、どうしても彼女の顔がチラつく。

行基さんはありのままの私でいいと言ってくれるのに。

それに、藤原さんの発言が追い打ちをかける。そのせいで、章子さんに妻の座を譲れば行基さんは幸せなのかもしれないと、考えたくないことまで頭をよぎる。

「そう、でしょうか……」

「あやさんは気づいていないかもしれないですけど、行基さんは結婚してから人当たりがよくなったんですよ。それまでは周りに人を寄せつけないような雰囲気があったんです」

そうなの？　初めて会ったあの日も、すこぶる話しやすかったけど。

「それはおそらく、津田紡績を引っ張る立場の人間として毅然としていなければという心の表れだったんだと思います。どこか近寄りがたくて、幹部もいろいろなことに口を挟めないでいました」

そういえば仕事中はとびきり厳しいと、一ノ瀬さんも藤原さんも言っていた。

「それが、結婚してからは、他の者の意見に耳を傾けるようになり、その結果業績がさらに好転。皆、あやさんの影響だって噂してますよ」

「私の？」

なにもしていないのに？

「そうです。俺もそれは間違いじゃないと思います。おふたりを見ていると、行基さんはいつも笑顔であやさんの話に相槌を打っていて、それが楽しくてたまらないというふうに見える。それに、あやさんと一緒にいると世界が広がると常々漏らしているんです。おそらく、行基さんは他人の話を聞く楽しさを知ったんだろうなと」

「まさか……」

世界を広げてもらったのは私のほうなのに。

「ですがそれほど不安になるなんて。なにか、あったんですか？」

そう聞かれ、章子さんと藤原さんの顔が浮かぶ。

「いえ。行基さんがあまりにご立派なので、私のような人間が妻では力不足ではないかと思えて」

「行基さんのことは、俺も尊敬しています。彼は幼少の頃からいつか会社を背負うという覚悟がしっかりとしていた。そのために経済や商業を学ぶ一方で、現場を知りたいと、学生のうちに工場で働くなんてこともしていました。将来の社長がですよ？」

一ノ瀬さんはクスッと笑みを漏らすが私は驚いていた。

まさか、自ら工場で汗水垂らしていたとは。

これが行基さんなりの〝地に足がつく生き方〟なのかもしれない。

津田紡績の発展だけを考え、そのための努力ならなんでもする。そんなぶれることのない考えが、今の成功を導いているんだろう。

「それは知りませんでした」

「言わないでしょうね。行基さんは黙々と努力はしますが、それを決して他人にひけらかしたりはしない、だから、行基さんに惚れ込んでいる社員が多いんです」

多分、そのひとりが藤原さんだ。

「かといって、あやさんが不安に思うことなんてなにもないですよ。行基さんは立場上、華族である一橋家の令嬢との結婚という道を選択しました。最初は会社のためだったでしょう。でも今は違う」

一ノ瀬さんは語気を強めて真剣な眼差しを向ける。

「あの事件で生死をさまよったとき、あやさんのもとに帰ってきたくて必死だったと俺に漏らしたんです。決して楽しいことばかりじゃない人生。あやさんがいなければ、気まぐれにあちらの世界に行こうとしたかもしれないと」

「行基さんが?」

一ノ瀬さんは大きくうなずく。

たしかに行基さんは『あやのおかげでこちらに踏みとどまれた』と言っていた。それは本当だったんだ。

「あやさんは、俺たちの尊敬する行基さんの命の恩人です」

そんなふうに言われると、感激のあまり視界がにじんでくる。

藤原さんと話をして、私がいたせいで暴漢から逃げられなかったんだと、ずっと思ってきた。だけど、私が行基さんの命をつないだと言われると、少しだけ肩の荷を下ろせる気がする。彼の役に立てたなら、こんなにうれしいことはない。

「あやさん？」

泣きそうになりうつむいていると、一ノ瀬さんが心配そうに声をかけてくる。

「でも、私……」

本当にこのまま行基さんの妻でいてもいいのだろうか。

藤原さんが言った通り、彼は今さら私を放り出したりする人じゃない。その優しさに甘え、いつか後悔するようなことが起こったら、なんと謝罪すればいいの？

もしも社会的地位を得るために、なりふり構わず妾腹の娘を娶ったという噂が広まりでもしたら、行基さんがうしろ指をさされるかもしれない。それを知った彼を慕う人たちが離れていかないとも言い切れない。これほどまでに努力を積み重ねてきたのに。

行基さんは一橋の母の実子ではないとわかったあとでも、私を拒否しなかった。父は子爵で間違いないのだから、嘘をつかれたわけではないと許してくれた。

でも、それは彼が優しいからであって、社会の人たちが皆、同じように思うとは限らない。

私は、行基さんをだまして妻の座に収まろうとしたわけじゃない。密かにお慕いしていたので、婚姻の話が持ち上がったとき飛びついた。そのときは妾の子であることが、これほど問題になるとは思ってもいなかったからだ。

父の代くらいまでは、お妾さんも戸籍に登記されていたようだし、政府要人にも妾腹の子はたくさんいると聞く。一橋の母が私を初子さんや孝義と並べて育てることが気にくわなくて、女中として育ってきただけで、対外的には問題ないと思い込んでいた。でも、そんな考えは甘かったのかもしれない。

「本当にどうしたんですか？　顔色が悪いですよ？」

「もし、私のせいで行基さんのお立場が悪くなるようなことがあれば……。行基さんの今までの努力が水の泡になります」

「どうして立場が悪くなるんです？　なにがあったんですか？」

怖い。私は行基さんのことが好きで、そばにいたくて、愛されたいだけなのに。

以前、藤原さんに冷たい言葉を浴びせられたときは、行基さんが私を肯定してくれたので心が落ち着いた。だけど今は、藤原さんの言うように離縁を選択したほうが彼のためになる気がして気持ちが整わない。

「あやさん、お話しください。俺に話せないのなら、行基さんに直接。今日は早く帰宅してもらえるように努力しますから」

「いえ、お仕事に支障が出ては困ります」

首を振ると、一ノ瀬さんは小さなため息をついた。

「行基さんが浮かない顔をしていると、先ほど言いましたよね。あやさんとの間がうまくいかないほうが、仕事に支障が出るんです。あやさんはもう、行基さんにとってそれほどの存在なんですよ」

諭すように話す彼は、口角を上げてみせる。

「どうか、自信を持ってください。今度またうまいもの食いに行きましょう。もちろん、行基さんのおごりで。あっ、俺はお邪魔か」

彼はクスッと笑うと、「元気出してくださいね」と帰っていく。

「それほどの、存在……」

私だってそう。行基さんがいない生活なんて、もう考えられない。

彼の妻でいても、本当にいいの？　困らないの？　章子さんでなくても？

一ノ瀬さんに見送りはいらないと言われたものの、少し遅れて門まで行くと、誰かと言葉を交わしていた。彼より少し若く見える眼鏡をかけた男性だ。

道でも聞かれたのかしら？　でもあの人、前にも見たことがあるような。

しばらくすると、一ノ瀬さんがその男性に小さく手を挙げ去っていくので、もしかしたら津田紡績の人かもしれないと思った。


その日、行基さんの帰りはいつもより早めの十八時。やはり一ノ瀬さんが配慮してくれたんだろう。

「あや」

行基さんは焦った様子で、私が迎えに出ていく前に玄関を上がってきた。

「おかえりなさいませ。すみません、お迎えが遅れました」

「そんなことはいいんだ。部屋に来なさい」

彼は私の手首をつかみ、容赦なくグイグイと引っ張って長い廊下を歩く。

「行基さん、お食事にするのなら女中に用意を頼んでこなければなりません」

「食事も風呂もまだいい。それより、あやと話がしたい」

先に足を進める彼はチラリと振り返り、私を見つめる。

視線が絡まった瞬間、心臓がドクドクと速度を速めて全身に血液を送り出したのがわかった。

部屋に入ると、腕をさらに強く引かれて、腕の中に閉じ込められる。

「あや、どうしたんだ。ずっと元気がないのが気になっていた。だけど、俺にはそれがどうしてなのかさっぱりわからなくて。ただ案ずるだけでなにもできずにいた」

行基さんは私の背中に回した手に力を込める。

「あやの愛くるしい笑顔が見られなくなって、俺は自分が思っている以上に動揺していたようだ。信明から仕事に集中できてないと初めて注意された」

「ごめんなさい。私が心配をおかけしたからですね」

「旦那が妻の心配をするのは当たり前だ。俺は仕事ばかりしてきたせいか、こんなときにどうしてやったらいいのかわからなくて、お前の不安を解決することができなかった」

手の力を緩めた行基さんは、私の顔を覗き込む。

「すまない。きちんと話を聞いてやるべきだった。信明に笑われたよ。仕事はどんな難題でも解決の糸口をすぐに見つけるくせに、あやのことになると、からっきしだめ男になるんだなって」

「そんなことは、ありません！」

断じてない。私にはもったいないほどの旦那さま。

だからこそ、思い悩んでいるというのに。

「あや」

彼は柔らかな声で私の名を口にしたあと、両手で頬を包み込んでくる。注がれる視線が熱くてたまらず息が苦しいほどだったけれど、逸らすことはできなかった。

「お前が苦しいのなら、俺が半分背負いたい。頼む。なにに悩んでいるのか教えてくれないか」

『半分背負いたい』とまで言われたら、ますます彼のことが好きになる。

好きだから、聞けないこともあるのに。

でも私はこのとき気がついた。章子さんや藤原さんがどう言おうが、私の気持ちを正直に行基さんにぶつければいいんだ。その上で、行基さんの言葉を信じればいい。

一番大切な人を信じずに、他人に振り回されるなんて馬鹿なのかもしれないと。

「行基さん」

「ん？」

「少し、質問していいですか？」

「もちろんだ。なんでも聞いて」

彼が優しい笑みを見せるので、聞かれて困ることはないんだと安心した。

それから行基さんは畳に胡坐をかき、いつものように私を膝に乗せる。

近い距離にはいつまで経っても慣れることなく目が泳ぐものの、こうして彼の体温を感じられるのはたまらなく幸せだ。

「行基さんは私と結婚する前に、好きな女性がいらっしゃいましたか？」

本当は答えを聞くのが怖い。章子さんのことを持ち出されたら、つらいから。

だけど、私は行基さんが好き。もし今でも章子さんに気持ちが残っているとしても、私はそれ以上の愛を彼に傾ければいい。

「尋常小学校に入った頃、高等小学校のきれいなお姉さんに憧れていたことはあったな」

「そんなに前？」

しかも、随分年上の女性への恋の話だ。

思いがけないことを話され、大きな声が出る。

「そう。登校の途中で転んで、その人がなだめてくれたんだ。それが多分初恋。あやはそういうことはなかったか？」

「私は、ないです」

だって初恋は、人力車に乗ったあなたなんだもの。

「そうか。それからは、ないなぁ。会社を継いで大きくするという使命が自分にあると認識してからは、とにかく勉学が一番だった。あやも知っての通り、津田家はなんの地位もない。それなら上流階級の人と対等に話せるだけの知識を身につけようと必死だった」

やはり努力したんだ。

一ノ瀬さんの話では、行基さんは日常会話程度の英語も操れるんだとか。それも輸出入を有利に進めるために必死に学んだ結果だろう。

だけど、章子さんのことについてはなにも触れないのが気になった。

「ですけど、行基さんならたくさん女性が集まってこられたのでは？」

「それは、嫉妬しているのか？」

彼女の名前を出す勇気がなくてぼかして尋ねると、彼は私の腰をグイッと引き寄せ、耳元で囁く。

「ち、違います……」

否定したものの、これは間違いなく嫉妬。章子さんに対する、強いやきもちだ。

「正直に言おう。何度か付き合いを申し込まれたことはある。でも、心が動くということがどういうことかわからず、すべて断った。信明はそのたびに『贅沢な男』と呆れていたけどね。だけど俺は女より会社だった」

それじゃあ、やはり章子さんとの間に男女の情があると感じたのは、間違いなんだろうか。

「断った、って……」

「男の見栄ってやつで黙っておきたかったんだが……あやが初めての女だ」

行基さんが珍しく照れくさそうな顔をしている。

「嘘……」

だって、初めて抱かれたときも、私がつらくないように優しくいたわってくれたし、とても経験がないとは思えなかった。

「だから、たがが外れてしまった」

彼がそんな告白をするので、頬が上気してくる。

たしかにあの夜から、毎晩のように激しく抱かれている。

「そ、そんな……」

どう答えたらいいのかわからない。

「他の男だったら、もっと優しく抱いてもらえたかもしれないな」

「嫌です！　他の男の人なんて、絶対に。私は行基さんでなければ……」

思いきり否定しておいて、顔がカーッと熱くなるのを感じる。愛を叫んだ気分だったからだ。

「かわいいやつだ。あやは、俺の過去が気になっていて、元気がなかったのか？」

行基さんは私を強く抱きしめる。

「……はい」

「知っているか？　そういうのを嫉妬というんだ。たまにはいいもんだな。あやに愛していると囁かれているみたいだ」

私はいつだって心の中で彼への愛を叫んでいる。だけど、そんなふうに指摘されると恥ずかしくてたまらない。

「キャッ」

しがみついて赤く染まった頬を隠していると、あっという間に組み敷かれてしまい、呆気に取られる。

「あや。なにも心配いらない。俺にとってお前は、最初で最後の女だ」

そうつぶやいた彼は、優しく唇を重ねた。そして、下唇を甘噛みしてから離れ、私をじっと見下ろして再び口を開く。

「不安はそれですべて？」

「あっ、あのっ……。行基さんは私が妾腹の子でも恥ずかしくないんですか？　そんなことが世間に知られたら、行基さんや津田紡績が悪く言われ――」

「俺はあやを愛しているんだよ」

私の言葉を遮った彼は、頬にそっと触れてくる。

「あやが一橋の母上の娘ではないことに罪はないし、恥ずかしく思う必要もない」

以前にもそう言ってくれたが、改めて聞いて安堵する。

「万が一、一橋家とまったく血縁がなかったとしても、俺が愛しているのは目の前のあやだけなんだ。それに文句を言われる筋合いはない。もしも、出生をなじってくるやつがいれば、くだらないと笑い飛ばしてやればいいし、俺が守ってやる」

『守ってやる』と力強く宣言され、うれしさのあまり瞳がにじみ出す。

「行基さん、ありがとうございます」

「礼なんて必要ない。俺がしたいんだからね」

優しく微笑む行基さんは、もう一度深い口づけを落とす。そして舌をツーッと首筋に這わせて着物の胸元を開いていくので、心臓が暴走を始める。

もう何度も抱かれているのにちっとも慣れなくて余裕がなくなってしまう。

「あや。不安にさせてごめん」

彼は私に視線を絡ませつぶやく。

「違うんです。私が誤解しただけで……」

こんなに愛されているのに、章子さんや藤原さんの発言を気にする必要なんてなかった。

「誤解しなくていいように、もっと愛してやる」

艶っぽい視線を送る彼は、不敵に微笑む。そして、着物の裾をまくり、大きな手を太ももに滑らせた。

「あっ……」

「あや、愛しているよ」

はだけた胸元を強く吸い上げられ、チクリとした痛みを感じる。

「なにをなさって……」

「これはお前が俺のものだという印だ。消えそうになったらまたつけてやる」

吸い上げられた場所に目を向けると、ほんのり赤くなっていた。

「心配なら、あやもつけるか？」

「えっ！」

行基さんはネクタイを投げ捨て、シャツのボタンを外し始める。そして、あっという間に上半身裸になり、たくましい体を惜しげもなくさらしてくる。

「ほら、どこにする？」

「いっ、いえっ！」

そんな恥ずかしいことができるはずもない。

首を振り拒否を示すと、肩を震わせて笑っている。

「そうか。汗をかいているから、風呂に入ってからのほうがいいな」

「そうではなくて！」

「それだ。あやは元気でなければ、調子が狂う」

彼の言葉を聞き、とてつもなく心配させていたことを反省した。

「失礼いたします。行基さま、お食事はいかがなさいますか？」

そのとき、障子越しに貞の声が聞こえてきて慌てふためく。

「ああ、今行くから用意しておいてくれ」

行基さんはそう返事をしながら、私のものの内側に手を滑らせるので声が出そうになり口を手で押さえた。

やがて貞の足音が遠ざかる。

「行基さん！」

「耐え忍ぶお前はそそる。今晩もたっぷり愛し合おうな」

彼は私の耳元で囁いたあと、「浴衣を出して」と離れていった。

それから三日後。また藤原さんがやってきた。

舞の練習中だったので少し待ってもらい客間に顔を出すと、彼はお茶を飲んでいた。

「お待たせして申し訳ありません」

「いえ。一ノ瀬さんが来る予定でしたが仕事が入り、急遽私が」

彼は風呂敷包みを差し出す。

「恋愛小説らしいです。社長があやさんにと。このようなものを社長に頼まれるとは。恥ずかしいとは思われませんか？」

「すみません」

相変わらずの冷たい物言いに顔が引きつる。

私から頼んだわけではなく、行基さんが気を回して差し入れてくれるのだけど、素直に謝罪をしてから受け取った。

「それで、お考えになりましたか？　離縁の話」

藤原さんは先日より直接的な言葉で私を追い詰める。

「いえ。離縁はいたしません。行基さんは私が何者でも好いてくださるとおっしゃっています」

彼の目を見つめてきっぱりと反論すれば、眉間にしわが寄るのがわかる。

「華族さまは厚かましくて困る。社長の優しさに甘えるのはもうよしていただきたい」

厳しい口調で責め寄る彼が、スーッと息を吸い込んで再び口を開こうとしたそのとき。

「やはりお前だったか」

障子の向こうから、行基さんと一ノ瀬さんが現れた。

「社長……」

「あやには以前から、出生のあれこれを気にしなくていいと伝えてあった。それなのに、思い詰めるほどに悩んでいるのを見て、誰かになじられたに違いないと思っていたよ」

藤原さんは顔を引きつらせて行基さんを見つめている。

「俺がいつ離縁したいと言った！」

行基さんの鬼の形相なんて初めて見た。

その様子に気圧されて体を小さくしていると、一ノ瀬さんが隣に来て座る。

「行基さんにお任せを」

そして小声でそう伝えてくれた。

「も、申し訳ありません」

藤原さんは畳に額をするように土下座しているが、行基さんは怒りの表情を崩さない。

「謝罪をしたくらいで許されると思っているのか？　もう少し時代が早ければ、腹を切れと言い渡すところだ」

そんな……。

「行基さん、私は大丈夫ですから。藤原さんを許してあげてください」

『お任せを』と言われたものの、耐えきれなくなり思わず口を挟んだ。

すると、顔を上げた藤原さんが私を見て唖然としている。

「藤原。あやは自分を苦しめた者までかばうような優しい女だ。お前が知っている華族はひどい人間でも、すべてがそうではない。くだらない偏見は捨てろ」

藤原さんは華族との間になにかあったの？　だから華族と聞けば、憎くてたまらないとか？

「は、はい」

「お前の顔など見たくない。しばらく謹慎《きんしん》しろ！　一ノ瀬、連れていけ」

「かしこまりました。行くぞ、藤原」

一ノ瀬さんが今にも泣き出しそうな藤原さんを連れて部屋を出ていった。

「あや。つらかっただろう？」

行基さんはうまくことが呑み込めずパチパチと瞬きを繰り返す私の前に座り、手を握ってくる。

「大丈夫です。どうして藤原さんのことがおわかりに？」

「あいつには好きな女がいてね。俺にも紹介してくれて、いつか結婚するんだと言っていた。だけど、とある官僚の娘だった彼女を華族の男が見初め、無理やり孕まされてしまったんだ」

「そんな……」

ひどすぎる。

「彼女は悩んだ末、子のために資産が十分にあるその男に嫁ぐ選択をしたんだが、輿入れしてすぐ、子を産む前に病気で亡くなった」

「亡くなった……」

悲しすぎる話を聞き、苦しさのあまり胸を手で押さえると、抱き寄せられる。

「それを知った藤原は、激しい怒りを夫に向けて殺さんばかりの勢いだったが、俺が止めた。彼女を手籠《てご》めにしたことは許されることではないが、亡くなったのは夫のせいではなかったからな」

それでも無念だっただろう。

「だが、藤原のつらい気持ちもわかって、止めるだけで精いっぱいだった。自分ならひとりで逝かせないのにと、大の男が泣きわめいていたんだよ」

それほど深く愛していた人を失い、華族が憎くなってしまったんだろう。

「そのときに、もっと話を聞いて吐き出させてやるべきだった。彼女のことには触れないようにして仕事に没頭させれば、時間が解決してくれると期待していたのが甘かったんだ。藤原の怒りがまさかあやにまで向くとは……。わかっていれば、あやに近づけたりしなかったのに」

藤原さんの私生活まで、社長である行基さんが背負う必要なんてないのに。従業員のことを常に気にかけている彼らしい。

「藤原は、本当は優しい男なんだ。乗り越えてほしい」

つい今しがた、あんなに強い怒りをぶつけていた人の言葉とは思えない。

しかし、藤原さんの深い悲しみを理解しているからこそ、あえて厳しい言葉を浴びせたんだとわかった。彼を立ち直らせたいに違いない。

「藤原さん、おつらかったでしょうね。いえ、そんな言葉では表せないですよね」

初子さんを失ったときのような虚しさが襲ってくる。

「お前は傷つけられたんだ。もっと怒ってもいいんだよ」

「怒ったりできません。それに、こうして行基さんが駆けつけてくださっただけで、私は幸せです」

苦しそうな彼を元気づけたくて、口元を緩めてみせる。

「あや、ありがとう」

「それより、行基さん、お仕事は大丈夫ですか？」

「あっ、まずい」

見送りのために玄関まで行くと、彼は振り返る。

「藤原にはきちんと話をして必ず立ち直らせる」

「藤原さんは行基さんを尊敬していらっしゃいます。だから今回も、行基さんを守らなければと思ったんだと」

そう伝えると、彼は困った顔をしながらうなずいている。

「行基さんの愛のこもった叱責をご理解されたと思いますよ、きっと。どうか、これ以上はお責めにならないでください」

「お前のその優しさが藤原に届いていると信じたい。ありがとう、あや」

彼は私を引き寄せ、頬に口づけを落とす。

「こ、こんなところで……」

幸い女中はいなかったけれど、誰かに見られるかもしれないのに。

「どんなところでも、あやへの気持ちを示したくなるんだよ。行ってくる」

「い、行ってらっしゃいませ」

私はカーッと熱くなった頬に触れながら、やっとのことで送り出すことができた。


それからの私は、すっかり元通り。

毎朝懐中時計のねじを巻き、こっそりと「大好きです」と時計に向かって愛の告白をしている。行基さんには恥ずかしくてとても言えないからだ。

藤原さんは秘書を外れ、工場での指南役に降格となったが、一ノ瀬さんの話では、自分の行いを深く反省して必死に働いているんだとか。

仕事上のミスではなかったもののあえて厳しい罰を下したのは、藤原さんに奮起してほしいからだという。あれから行基さんに、『亡くなった愛しき人が、お前の行動を見て泣いている。お前は誰かを傷つけて平気な人間ではない。彼女が惚れてくれていた頃の自分を取り戻し、もう一度這い上がってこい。お前を信じて、秘書のポストはひとつ空けておく』と諭されたようだ。

行基さんの優しさが藤原さんに伝わっていることを祈るばかりだった。

その日も帰ってきた行基さんに、今日の出来事を話し始める。

「行基さん、今日おせんべいを焼いたんです。行基さんにも食べていただきたくて」

「せんべい？」

興奮気味に話すと、首を傾げている。

「はい。貞がお買い物に行くというので、私もついていって……。あ……」

しまった。女中のようなことはしなくていいと止められていたんだった。

貞もためらっていたけれど、家にいるのがつまらなくて頼み込んだのだ。

「どうやら本と舞だけでは物足りないらしいな」

「すみません……」

謝ると彼は笑っている。

「まあいい。それでせんべいの話はどうした？」

「はい。餅屋の前を通りかかったらちょうど焼いていて、あまりにじっと見すぎたのか、『焼いてみる?』って」

そう言うと行基さんはついに噴き出した。

「あやが目を輝かせて、せんべいを見ている様子が目に浮かぶ」

「そうですか?」

「ああ。お前は好奇心というものが尽きることはなさそうだからね。よいことだ」

高揚した気持ちそのままにありのままを話してしまい、『上品になさい』と叱れるのかと思ったけれど、『よいこと』と言っているのだから、問題はないのかしら?

「はい。でも欲張りすぎてしまいました」

背中に隠し持っていた顔の大きさほどのせんべいを見せると、彼は高らかに笑う。

「こんなに大きなせんべいは初めてだ。お前らしいな。それを食す前に、着替えよう」

「はい」

浴衣を用意しようと彼の部屋についていくと、ギューッと強く抱きしめられて驚き、目を白黒させる。

「元気が戻ったな」

「えっ……。すみませんでした」

ずっと心配をかけていたんだと思うと、申し訳ない気持ちでいっぱいになる。

「どうやら俺は、お前の笑顔を見ないと一日がつまらなくなるらしい」

「そ、そんな……」

「あや」

彼は耳元で艶を纏ったような声を吐き出す。

「……はい」

「お前をたっぷり甘やかしたい。飯が済んだら、一緒に風呂に入ろう」

お風呂に？　それは恥ずかしすぎる。

激しく首を振って、できませんと主張したけれど、「たまにはそういうのもいいだろ？」と欲情たっぷりの声で囁かれ、さらには耳朶を甘噛みされ、うなずくしかなくなった。

貞たちに食事の膳を運んでもらっている間に、彼はせんべいを食べてくれた。

「大きすぎるから割って食べさせて」

「た、食べさせ？」

もう自由に手を動かせるのに。

「せっかく作ったんだから、最後まで責任を持て」

「責任って……」

「なぁ、いいだろ？」

行基さんはときどきこうして甘えてくるので困る。

でも、しばらく元気になれず心配をかけていたこともあり、素直に従った。

パリッと割り、しょうゆ味のそれを口の前に差し出す。

「うまいじゃないか」

「だって、味付けは餅屋さんですもの」

「それもそうか」

小さく笑う彼は突然私の手を握り、残った欠片《かけら》をパクパク口に運んだあと、最後に私の指までペロリと舐める。

「ゆ、行基さん⁉」

「お前とこうして戯《たわむ》れるのが楽しくて止まらない。早く飯を食って風呂にしよう」

彼の発言にあんぐりと口を開けるばかりだけれど、私が元気を取り戻したのをそれほどまでに喜んでいるんだと思えば、心も弾んだ。

その後、宣言通り、ふたりで風呂に入った。

「あっ、だめ……。もう勘弁してくだ――」

「なにがだめなんだ。いい顔をしている」

私を翻弄する彼は、恥ずかしさと湯のせいで真っ赤に染まった体の隅々まで舌を這わせたあと、私を向かい合わせに抱き寄せて貫いた。

私は行基さんにしがみついて甘い声をあげるだけで精いっぱい。彼が腰を突き上げるのに合わせて水面が激しく揺れ、いつもとは違う様子に気持ちが高ぶりすぎて、息をするのも忘れていた。

風呂から上がる頃には息も絶え絶え。

激しすぎる行為とのぼせたせいでふらふらの私を、彼は部屋まで抱いて運んだ。

そして布団に寝かせると、呆然としている私がおかしいらしく肩を震わせている。

「お茶を飲むか？」

「はい」

喉がカラカラだ。

女中が持ってきたお茶を飲むために起き上がろうとすると、止められる。

どうしたんだろう？と首を傾げると、彼がそれを口に含んだ。

行基さんも喉が渇いたのね。そりゃあそうだ。ちょっと……いや随分激しかったもの。

それを思い出すだけで、つい先ほどまで愛されていた体が再び火照ってくる。

「ん……」

そんなことを考えていると唇がふさがれ、隙間からお茶がチロチロと入ってきた。

「ゴホッ」

「こぼれたじゃないか。もう一度」

「えっ、えぇぇっ……」

まさか口移しされるとは予想外。慌てふためいていると、すぐにもう一度唇を覆われる。

——ゴクン。

「今度はうまく飲めたようだな」

彼の少し濡れた唇が色っぽくて、鼓動が激しくなる。

「この顔、たまらないな。お前はちょっと唇に触れるだけで、途端に女の顔になる」

そう、なの？　そんなことを意識したことはない。

「あやは、俺のものだ」

彼は私の体を挟むように両手をついて覆い被さり、うっとりしたような目で私を射る。

「そう、です」

私だって『あなたは私のものです』と言いたいのに、どうしても言えない。

「お前は煽《あお》るのがうまい。たっぷり愛してやる」

「えっ、また？」

だって先ほど、お風呂で激しく……。

「全然足りない。それに……早くお前との子が欲しくなったんだ」

私との、子？

なんてうれしい言葉なんだろう。

『愛してる』と囁かれるのと同じくらい、気持ちが高ぶっていく。

「一生愛して愛し抜く。覚悟しろ」

強い愛の言葉を聞き、感極まってしまい視界がにじんでくる。

「愛して、ください。行基さん、もっと愛し――」

たちまち降ってきた唇に阻まれ、それ以上は言えなかった。

行基さんは相変わらず忙しく走り回っている。

今日はアメリカから輸入した最新の精紡機の見学に、政府のお偉いさんが会社に来るんだとか。

「行ってらっしゃいませ」

今朝は一ノ瀬さんは朝食を食べに来なかった。どうやら、準備のためにひと足先に出社しているらしい。

「ああ、行ってくる」

見送りのために門まで行って鞄を渡していると、章子さんが通りかかり、一瞬顔がゆがむ。だけど、行基さんが私への愛をはっきりと示してくれことを思い返し、すぐに笑顔を作って頭を下げた。

「おはようございます」

「おはようございます」

彼女も同じように返してはくれたが、私を鋭い視線で見つめる。

負けない。

どれだけ彼女が行基さんのことを想っていても、彼を渡したりしない。

心の中でそう決意して行基さんのうしろに立っていると、彼が口を開いた。

「章子、顔色がすぐれないようだが」

それを聞きハッとした。本当だ。唇が青白い。

「章子さん、大丈夫ですか？」

慌てて駆け寄ろうとした瞬間、彼女はその場にしゃがみ込んだ。

「どうしたんだ？」

「ここのところ体調がすぐれなくて、医者に行こうかと……」

行基さんが歩み寄り尋ねると、彼女は声を震わせる。

「医者は呼んでやる。黒岩《くろいわ》、いるか？」

「はい」

行基さんが誰かを呼んだ。

すると、以前一ノ瀬さんが話をしていた男の人が、物陰から現れて驚いた。

「すぐに医者を呼んでこい」

「かしこまりました」

やはり、津田紡績の人のようだ。行基さんや一ノ瀬さんの側近なんだろう。

彼はすぐに走り去る。

「あや、手伝ってくれ」

「わかりました」

章子さんを抱き上げた行基さんは、彼女の家へと運ぶ。

「押入れから布団を出してくれ」

「はい」

勝手に悪いと思いつつ、緊急事態なのだから仕方がない。玄関から近い部屋に布団を敷くと、彼は章子さんを寝かせた。

彼女は苦しげに顔をしかめて目を閉じる。

どこが悪いのだろう。

「行基さん、時計を貸してくださいませ」

「ああ」

暴漢に襲われたとき、脈の測り方を教わったことを思い出し、すぐに彼女の手を取る。

「八十六。少し速いです。章子さん、聞こえますか?」

呼びかけると小さくうなずくものの、声を発することはない。よほどつらいんだ。

「行基さん、ご家族か使用人はいらっしゃらないのでしょうか?」

先ほどは彼女が持っていた鍵で玄関を開けたけど。

「彼女の母上は亡くなっている。父上は健在だけど朝早く仕事に出かけられる。俺と同じ歳だった兄も……数年前に逝ってしまった」

お母さまもお兄さまも、亡くなられているなんて。

「女中がひとりいたんだが、つい最近、縁談が持ち上がってね。次の女中を探していると言っていたから、まだ決まっていないんだろう」

それじゃあ、ついていてあげられる人は誰もいないの？

「章子は少し前に離縁して戻ってきたんだよ。そのせいで心が不安定だったから、今回もそうしたことが関係しているのかもしれないな」

離縁して？　それじゃあ結婚していたの？

行基さんのことを『今でもお慕いしております』と口にしたけど、仲を引き裂かれ嫁いだものの、結局は離縁したということ？

行基さんは過去に付き合った女性はいないと言っていたけれど……。

「そう、ですか」

そのとき、行基さんが私の返した腕巻時計をチラリと視界に入れた。

そうだった。今日は重要な仕事があるんだ。

「行基さん、章子さんには私が付き添います。どうかお仕事に……」

促すと、彼は苦々しい顔をする。

「だが……」

「なにかあったらすぐに知らせます。さっきの、黒……」

「黒岩だ。秘書のひとりで、信明の部下だ」

やはり関係者だったんだ。

「はい。黒岩さんもお医者さまを連れてきてくださるでしょうし、大丈夫です」

行基さんはしばらく考え込み、再び口を開く。

「すまない。そうするよ。会社に着いたら信明を入れ替わりによこす。それまで頼んだ」

「承知しました」

うなずくと、彼はすぐに出ていった。

それからほどなくして、黒岩さんが医者を連れて戻ってきた。

男性の黒岩さんには別室で待機してもらい、私が診察に立ち合うことにした。

「ご懐妊されていますね。まだ流れやすい時期ですから、無理は禁物ですよ。今日は貧血気味で倒れたのでしょう」

思わぬ診断に目を丸くする。離縁したと聞いたばかりなのに。

「ありがとうございました」

医者を玄関まで見送ってから戻ると、章子さんは目を開けていた。

「章子さん、ご懐妊だそうですよ。おめでとうございます」

もしかしたら、子ができたことを知らずに離縁したのかもしれない。

残念ではあるけれど、子供を授かったのは喜ばしいことだと思い、笑顔を作った。

すると章子さんは突然起き上がり、正座をして、私に頭を下げる。

「えっ、どうされたんです？　まだ安静にしていないと――」

「この子は行基さんの子です」

彼女の発言に息が止まる。

「お願いです。妾でもいい。行基さんのそばにいさせてください」

一瞬にして頭が真っ白になった。

章子さんが必死になって懇願してくるものの、現実とはにわかには信じられず、どこか夢見心地だ。

「離縁してくださいとは言いません。だから……」

行基さんの、子？　だって彼は私のことを、『最初で最後の女だ』と言ったのよ？

まさか……まさか、章子さんのお腹に彼の子がいるなんて、とても信じられない。

「嘘、ですよね」

「嘘でこんなことは言えません。私はずっと行基さんをお慕いしておりました」

そんな……。私は行基さんに嘘をつかれたの？

ううん。彼を信じると決めたじゃない。彼は平気な顔をして嘘をつける人ではない。

混乱し、返す言葉が見当たらず呆然としていると、彼女は涙ながらに訴えてくる。

「お願いです。妻になりたいとは言いません。だから、だから……」

だから、妾としてそばにいさせてと？

もしこの子が本当に行基さんの子だったとしたら……お腹の子の立場は？

自分が妾腹の子なので、子供のことを考えてしまう。

初子さんは優しくしてくれたけど、やはり彼女と私の扱いには雲泥《うんでい》の差があった。

女中として働き始めた頃、買い物に行くたびに『妾の子なんだってね、かわいそうに』と陰口を叩かれもしたし、一橋の母には何度も『穢らわしい』と折檻された。

それでも楽しいことを見つけて明るく生きてはきたけれど、つらくなかったわけじゃない。

正妻の子なら、初子さんのように女学校に行けたかもしれないと思ったことも、正直ある。だからあきらめていた海老茶袴をはけて、飛び上がるほどうれしかった。

あんな思いを、この子にもさせるの？

ううん。行基さんは一橋の父とは違う。この子のことを大切に育てるかもしれない。

そうしたら……私は、なに？　正妻でも、完全に邪魔者だ。

「私……」

なんと言ったらいい？

嫌、と心が叫んでいる。

だけど、行基さんの援助がなければ、子はどうなるの？

章子さんの家も、津田家ほどではないが立派だ。彼女は女学校までは通ったようだし、そこそこの財力はあるはずだ。だけど、家族は父親ひとり。今はよくても、父親がもし亡くなったら、そのあとは？　行基さんの子なのに、みじめな生活を送るの？

さまざまなことが瞬時に頭を駆け巡り、胸が苦しくなる。

「本当に、行基さんの子、なんですか？」

もう一度尋ねた。

すると彼女は罪悪感からか、目を伏せて再び口を開く。

「行基さんの左脇腹に、小さな傷痕があるはずです」

「えっ……」

章子さんの告白に凍りついた。その通りだったからだ。

行基さんの脇腹には、三センチほどの切り傷の痕が残っている。幼い頃にけがをしたらしいけど、シャツに隠れて見えないはずの傷を知っているということは……。

頭が真っ白になり、なにを考えていいのかわからなくなる。

呆然として章子さんを見つめていると、もう一度深く頭を下げてきた。

「お願いです。どうか……」

私は彼女の懇願に返事を出すことなく立ち上がり、玄関へと向かう。

すると待機していた黒岩さんに声をかけられた。

「奥さま、どちらに？」

「黒岩さん、すみませんが章子さんをお願いします。彼女、懐妊していらっしゃって、体調がすぐれないようなんです」

「はい。医者から聞きました」

「私は少し家に戻ります」

頭を下げて出ていこうとすると、彼は立ちふさがる。

「奥さま、どうかされましたか？　顔色がお悪いようで……」

お願い、行かせて。涙をこらえていられるうちに。

「なんでもありません。章子さんは行基さんの大切な幼なじみです。なにも困ることがないようにしてあげてください」

そう言いながら、必死に歯を食いしばる。

『愛する人』ではなく『幼なじみ』と口にすることで、自分の心を静めたかったのに、まったく無意味だった。

もう一度頼むと、黒岩さんは「承知しました」と首を傾げながらもうなずいた。

門を出た瞬間、我慢しきれなくなった涙がポロポロとあふれ出す。

「どうして……」

章子さんに出会い不安になったものの、それを解消してくれたのは紛れもなく行基さんだ。彼が私に愛を注いでくれたので、信じることができた。

それなのに……章子さんとも関係があったの？

行基さんはそんな人じゃない。そう何度も否定しても、章子さんのお腹には確実に子供がいるという事実に打ちのめされる。

元旦那さまの子なのでは？と思ったけれど、脇腹の傷を知っていることや、『妾でもいい』と必死に訴えてきた彼女の姿を見ていると、やはり行基さんの子なのかもしれないと思えてしまう。

「行基さん……」

正妻の立場は守れたとしても、彼と他の女性との子が生まれるのを笑って見ていられる？　それを一橋の母に強いてきたくせして、私にはとても無理だ。

身分が高く、財のある人ほど妾を囲うという話は聞く。

行基さんも余りあるほどの財を持ち合わせてはいるものの、どうしても信じられない。『情熱的な恋をしよう』と言ってくれた彼は、そんな人じゃない。そう思いたい。

しかし、章子さんの衝撃の告白に絶望して、とても冷静にはなれなかった。

津田家に戻ると、すぐに自分の部屋に行き、しばらく目を閉じる。

心を落ち着けようとしたのに、行基さんとの思い出が次々に頭をよぎり、ちっともうまくいかない。

しばらくして、すくっと立ち上がり、背筋をしゃんと伸ばす。そして、息を大きく吸い込んでから舞を踊り始めた。

いつか行基さんに見てもらいたくて、毎日毎日練習を積んできた。

厳しい先生はなかなか褒めてはくれなかったけれど、行基さんと初めて肌を交えたあと舞に艶が出てきたと言われて、恥ずかしくてたまらなかったこともあった。彼の影響力の大きさを感じた出来事だった。

行基さんに出会ってから、すべてが彼を中心に回っている。彼のためになにができるのか、どうしたら喜んでもらえるのか。そんなことばかり考えている。

もちろん、それが嫌なわけではなく、むしろ楽しい。行基さんが私に笑いかけてくれるのが、たまらなく幸せなんだ。

『行基さん、愛しています』

もう口に出してはいけない言葉を心の中で叫びながら舞い続ける。

誰も見てはいないけれど、心を込めて丁寧に。そこに、笑顔の行基さんがいることを想像して。

やがて最後の動作が終わったとき、我慢しきれなくなった涙がスーッと頬を伝った。

その涙を手で拭い、部屋の真ん中に正座をして頭を下げる。

「ありがとうございました」

そして行基さんへの感謝の気持ちを込め、お礼を口にした。

最低限の着替えと初子さんにもらったつげの櫛。それから……銀の懐中時計を風呂敷に包む。

今朝も『好きです』と唱えながらねじを巻いた時計。

この先もずっと幸せな時間を刻み続けるはずだと信じて疑わなかったのに。

他には、いつもよく働いてくれる女中たちに差し入れをするために預かっていたお金から壱圓だけ手にして、家を飛び出した。

もう、戻らないつもりだった。

どう考えても、私が身を引くのが一番いい方法だ。そうすれば、行基さんと章子さんは結婚できる。子も、妾腹の子と冷やかされることもない。私の、ように。

行基さんは私に『愛してる』と囁いてくれた。でも、きっと章子さんのことも愛するだろう。

彼はとびきり優しい人だ。生まれてくる子をないがしろになどするはずがないし、むしろかわいがるに違いない。

私はどこに行くあてもなく歩き続けた。

今朝玄関を出るまではあんなに幸せだったのに、たった数時間でこれほどまでに状況が変化してしまった。

初子さんもそうだったのかもしれない。縁談の話を聞くその瞬間までは幸福で満ちあふれていたのに、一瞬でどん底に転げ落ちた。

「初子さん……」

【あやもどうか幸せに】という最期の言葉は、叶えられそうにない。

でも、行基さんのことだ。孝義を見守るという約束は果たしてくれる気がする。

これで、私の役目は終わり。

もう、この世界の隅っこで細々と生きていければいい。

彼のことを、胸にしまって――。

「恋って苦しいね。どうして人は人を好きになるんだろう……」

空を見上げて初子さんに尋ねても、当然答えてはくれない。

「ごめんね、初子さん。私、もう幸せにはなれそうにないの。約束、したのに」

そうつぶやき唇を噛みしめると、鉄の味がした。

握りたい手はひとつだけ

私は一橋の家に帰ることなく、あてもなく歩き続けた。

そして、津田家を出て三日。安宿に宿泊しつつ、働ける場所を探していた。

尋ね歩いていると、津田の家から歩いて三時間ほどの街のとある貸本屋で店番を求めていることを知り、早速向かう。

「つ……一橋あやです。本が好きで、雇っていただけないでしょうか？」

『津田』と言いそうになってとどまった。

祝言をあげたばかりの頃は、〝津田あや〟という名前に慣れず何度も〝一橋〟と間違えたのに、今となっては逆だ。

もう行基さんに会えないんだと考えると胸が苦しい。

だけど、章子さんのお腹の子を思えば、これが一番いい選択だったと顔を上げた。

頑張れ、私。

「本好きの人が来てくれるなんて助かるなぁ。明日からよろしく」

貸本屋の店主は、歳の頃、行基さんと同じくらいだろうか。目元涼しくそれでいて温かな笑顔を持つ男性だった。

「こちらこそ助かります。ありがとうございます」

「俺は角田幸一《すみたこういち》と言います。ここの二階に住んでるんだ。一橋さんも一応、住んでいるところを聞いておいてもいい？」

そう尋ねられ、困った。家をなんとかしなければと思いつつ、働き口がなければ家賃が払えず、今は宿に宿泊しているからだ。

「今は、わけあって宿に……。お金が尽きてしまうので、どうしようかと思っていて」

私は正直に話した。

持ってきた壱圓も、このままではすぐになくなる。かといって、津田家を離れると決めたのに、たくさんのお金を持ち出すことなんて到底できなかった。

「そっ、か……。よかったらひと部屋空いてるけど、使う？」

角田さんの提案に目が輝く。

「えっ？　でも……」

「あっ、邪な気持ちはまったくないから安心して。若いお嬢さんが野宿というわけにもいかないだろ？　家賃はそうだな……家事をお願いできれば、それでいい」

なんていい話なの？

「家事は得意です。でも、本当にお借りしてもいいんですか？」

「うん。実は俺、本が好きすぎて家にいるときも本ばかり読んでいたら、奥さんに愛想尽かされて。今はひとり身なんだ。料理してもまずくてね」

はっきり『まずい』と言うのでプッと噴き出す。

「あっ、あの……。実は私も最近ひとり身になりまして」

「なんだ、そうだったのか。これは似た者同士、よろしくね」

差し出された大きな手を握ると、彼はにっこり笑った。

二階には居間の他にふた部屋あり、そのうちの六畳の部屋を貸してくれるという。ほとんど荷物もない私には十分な広さだ。

「早速ですが、お掃除をさせていただいても？」

貸本屋の仕事は明日からでいいと言われたのでそう提案すると、角田さんはバツの悪い顔をしてふすまを開く。

「あ……」

彼の部屋は布団が敷きっぱなしで、本が散乱していた。

「ごめん、ちょっと片付ける」

「私やりますから。店番もありますよね」

本当に本が好きなんだろうな。一階の貸本屋には天井に届くほどの本棚に本がびっしり並んでいるが、ここにもたくさん積まれている。

「やってもらってもいいかなぁ。ひとりだしどうでもいいやなんて思ってたら、いつの間にかこんなぐうたら生活してて……。はは」

乾いた笑みを漏らす彼だけど、奥さんと離縁したという二年前からひとりで暮らし、貸本屋を切り盛りしてきたのだから、忙しかったのかもしれない。

「任せてください。触ってはいけないものがあれば、言っておいていただけると」

「特にないよ。しいて言えば本が大事だけど、一橋さんなら大切に扱ってくれそうだし」

「もちろんです」

角田さんを一階に追いやり、早速掃除に取りかかる。布団を干し、本をとりあえず全部居間に移して隅々まで掃除をすると、見違えるほどピカピカになった。

「汚れちゃった……」

一橋家で女中として働いていた頃のように、あまりに夢中になって片付けをしていたので、着物が汚れてしまった。

行基さんにそろえてもらったものの中では色や柄が控えめのものを選んで数枚持っ

てきたけれど、それでも高級品。お給料がいただけたら、安い着物を購入しよう。

彼にあつらえてもらったものを汚すのは忍びない。

ことあるごとに行基さんのことを思い出して、そのたびにため息が出る。

だけど、彼との楽しい日々はもう過去の話だ。くよくよしていないで、強く生きていかなくちゃ。

　何度も自分を戒め、行基さんのことを頭から追い出した。


　貸本屋の仕事は、それはそれは楽しかった。

　そもそも大好きな書物に埋もれていられるという最高の労働環境の上、お客さんとの小説談義や、時間が空いたときに好きなだけ本を読んでもいいという特権。

　私にぴったりとしか言いようがない仕事だった。

「一橋さん、本当に熱心だね」

　どうやら本が好きと聞き、私が女学校を出ていると思っていたらしい角田さんは、辞典を片手に読んでいる姿を見て驚いていた。

「これでも随分読めるようになってきたんです。最初は一行読むのに十分かかったこともありました」

辞典を引くのもひと苦労で、そんな時期もあった。されど、毎日の積み重ねは馬鹿にできない。

「一橋さんのように熱心な人が増えると、もっと繁盛するんだけどね。はい、これ新刊。先に読んでいいよ」

渡されたのは、先日発刊されたばかりの恋愛小説。

「わー、うれしい。ありがとうございます！」

うれしさのあまりガバッと頭を下げると、クスクス笑われた。

そんな角田さんとの生活も、なんの支障もなく楽しんでいた。

店番が暇なときに部屋の掃除をして、食事を作る。津田家にいるときはさせてもらえなかった家事も、一橋家でずっとやっていたから体が覚えている。

「一橋さんの飯はうまいね。旦那は逃してもったいないことをしたと悔やんでるだろうな」

味噌汁をひと口食べた彼がそう言うので、箸が止まる。

行基さんに作ってあげたかったな。女中の仕事を取り上げてはいけないと言われて控えたものの、やはり手料理を振る舞いたかった。

「一橋さん？」

「あっ、ごめんなさい。お口に合ってよかったです」

行基さんのことを忘れようとすればするほど、夢にまで出てくる。

私の心はどうやらあきらめが悪いようだ。

ため息をつきそうになったので、慌てて笑顔を作った。


貸本屋で働き始めてから二十日ほどが経った。

忙しいものの、とても充実した日々を送れていると思う。

「いらっしゃいませ！」

お客さまが来るたびに笑顔で接客していたら、常連さんが増えてきた。

「今日も元気だね。この前のおすすめ、すごくよかったよ。他にもあったら教えて」

「もちろんです。こちらなんかどうでしょう？」

私がお客さんと話している様子を、角田さんが笑みを浮かべて見ている。

「それじゃあこれにする。一橋さんが来てから、この店ばかりに通うようになったよ。小説の話ができるのが楽しくてねぇ」

「ありがとうございます」

お客さまを見送ると、角田さんが隣にやってきた。

「一橋さん、すっかり看板娘だね」

「そんなことないですよ」

「俺だって小説の話してたのにな。やっぱりこのかわいい笑顔が人を呼ぶんだよ」

そう言ってもらえるとうれしい。私にも役に立てることがあるんだ。

その日は夕方までお客さんがひっきりなしに続き、ようやく少し落ち着いた。

「角田さん、夕飯の買い物に行ってきます」

「お願いいね」

店を出て八百屋まで行こうとすると、見覚えのある人が視界に入り、足が止まった。

「黒岩さん？」

あれは多分そうだ。

この街に来てから、今まで知り合いに会ったことはない。だけど、行基さんも一ノ瀬さんも仕事であちこち飛び回っていたので、少し離れているとはいえ会う可能性がないわけじゃない。

まだ気がつかれていないと思った私は、物陰に隠れて彼をやり過ごした。

危なかった……。

いや、行基さんはもう章子さんと幸せに暮らしているだろう。私を探しているわけがない。ただの偶然だ。

速まる鼓動を感じつつ、自分に釘をさす。

けれども、しばらく呆然として動くことができなかった。


翌日は朝から大繁盛。

「この本でしたら、こちらです」

本棚の上のほうにある本を取るために、小さな踏み台に上がったときだった。

「あっ……」

——ガタン！

どうしてか目の前が真っ暗になり、体がふわっと浮いたかと思うと、すさまじい音とともに倒れてしまった。

「一橋さん！」

すぐに角田さんが駆け寄ってきて抱き上げてくれる。

「けがは？　大丈夫？」

「はい。まだ一段しか上がってませんでしたから、大丈夫——」

どこも痛くない。でも、目を開いた瞬間天井が回り始め、吐き気がした。

「うっ……」

口に手を持っていくと、角田さんが私を抱き上げて二階に連れていく。

「医者を呼ぶから、少しだけ我慢して」

「大丈夫です」

「だめだよ。よくない場所を打ったかもしれないからね」

彼はそう言うと、バタバタと部屋を出ていった。

しばらくすると、天井が回るような感覚は治まってきた。それとともに吐き気もなくなり、ホッとした。

こんなことは初めて。疲れがたまっていたのだろうか。

お客さんがいたのに申し訳ないと思いつつしばらく布団にくるまっていると、医者が診察してくれた。どうやら店を閉めたらしい角田さんは、隣の部屋で待機している。

「月のものは来ているかな？」

医者の問いかけに、ハッとする。そういえば……予定ならもうとっくに来ていてもいいはずだ。津田家を出てから生きることに必死で気にかけてもいなかった。

まさか……。

「いえ……」

「やはりそうですか。旦那さん、こちらへ」

医者は角田さんを旦那さまだと勘違いして呼んでいる。

すると少し驚いたような顔をした角田さんが、ふすまを開けて入ってきた。

「奥さん、ご懐妊ですよ。踏み台から落ちたということでしたが、今後そうしたことは禁止です。体を大切にしてくださいね」

私は思わず自分のお腹に手を持っていく。

ここに……行基さんの子がいるんだ？

得も言われぬ幸せを感じたのと同時に、とてつもない不安にも襲われる。

まさか、章子さんの懐妊を知ったあと自分もそうなるとは思わず、行基さんの手を離してしまった。

この子はこれからどうなるの？

「あ、ありがとうございます！」

私の心が揺れ動いている間に、角田さんが満面の笑みで医者に頭を下げている。

その姿を見て、母親の私が不安になっている場合ではないと感じた。

この子の命を授かったことを、絶対に否定したりしない。この先なにがあろうとも、私が守る。

だって、なにも関係のない角田さんがこんなに喜んでいるんだもの。

新たな命を育むということは、この上なく幸せなことなんだ。

「大事にね。それでは」

それから医者を見送った角田さんが戻ってきて、不意に私の手を握る。

「一橋さん、赤ちゃんがいるんだって。前の旦那さんの子？」

「……そう、です。ごめんなさい。お医者さまに誤解させてしまって……」

角田さんを巻き込んでしまった。

「そんなことといいんだよ。俺、旦那さんと言われてすごくうれしくてね。おまけに子がいるなんてめでたいじゃないか」

彼は笑顔を絶やさない。一瞬でも不安に思ったことを後悔した。

「そう、ですね。私の……子」

私と愛しい行基さんの――。

「一橋さん、俺じゃだめかな？」

「なにが、ですか？」

「俺がこの子の父親になったらだめかな？」

彼の言葉に目を瞠る。

父親に？

「まだ出会って間もないけど……妻と別れてずっと沈んでいたのに、一橋さんの明るさに俺は救われた。また新しい未来を築けばいいんだと思えた。一橋さんとなら一緒にやっていけると思うんだ」

角田さんの熱い告白に激しく胸が高鳴る。

でも、私の心の中には行基さんが――。

どうしても彼を忘れることなんてできない。

「あっ、あのっ……」

「ごめん。俺、本気で父親になった気分で浮かれてた。仕事は休んでいいから、まずは体調を整えて。それからゆっくり考えてくれないかな」

彼は照れくさそうに頭をぽりぽりとかいてから、部屋を出ていった。

私……。

握られた右手を目の前にかざして考える。

角田さんの優しい申し出に乗ってしまえたら……。

彼はすこぶる誠実な人だし、小説という同じ趣味を持ち、話も合う。きっとこの先、楽しく暮らしていけるだろう。

でも……この手がつながりたいのは、この世でただひとり。

『行基さん』

心の中で彼の名を呼び、そっとお腹に手を当てる。

『あなたと私の子です。大切に育みますね』

彼と一緒に、この子の誕生を祝いたかった。ふたりで四苦八苦しながら子育てをして、三人で笑い合いたかった。

どうしたらいい？　もし津田家に戻ったら、受け入れてもらえる？

いや、家を飛び出したのは私だ。そんな都合よく帰るなんて許されない。

この子を産んで、子供だけでも引き取ってもらう？　そうすれば、津田家の子としてなに不自由なく暮らせるはずだ。

でも、この子と別れるなんて私にはできない。

しばらく角田さんのことも含めて、この子をどうしたらいいのか、そして私はなにを選択すべきか考えに考えた。

けれど、迷っている時間はない。お腹の子はすぐに大きくなる。

角田さんの申し出をどうしても受けることができないということだけは、はっきりと胸の内にあり、行動に移すことにした。

「角田さん」

ふすまを閉めたまま声をかけると、すぐに気づいて開けてくれた。

「どうしたの？　気分が悪い？」

「いえ。落ち着きました。ご迷惑をおかけしました」

正座をして頭を下げる。

「それならもう少し寝ていなよ。喉が渇いたかな？」

「いえ、それも大丈夫です。お話があります」

世話を焼こうとする角田さんを制してそう言うと、彼は神妙な面持ちで正座する。

「うん」

「角田さんがこの子の父親になると言ってくださって、本当にうれしかったです。この子が私以外の誰かに望まれて生まれてくるという幸せを、ありがとうございます」

もう一度頭を下げてから上げると、彼は眉根を寄せていた。

「その言い方だと、断られるのかな……」

「申し訳ありません。私はあの人を忘れられない。いえ、一生、忘れない――」

唇を噛みしめ、涙をこらえる。

「一橋さんはどうして離縁したの？　そんなに好きなら、どうして？　子ができるということは、旦那さんともうまくいっていたんじゃないの？」

その通りだ。

私と行基さんは互いの家のために結婚をしたけれどそれは最初だけで、すこぶるうまくいき始めていた。彼からめいっぱいの愛情をもらい、幸福の絶頂だった。

「ごめんなさい。くわしくは勘弁してください」

章子さんのことをどう説明したらいいのかわからない。それに、説明したところで今さらどうにもならない。

もしあのとき、『妾でもいい』という章子さんの提案を受け入れて津田家にいたら、私は今頃どうなっていたんだろう。

手放しでこの子を授かったことを喜べただろうか。

いや、きっと複雑だったに違いない。もしかしたら行基さんを自分だけのものにしたくて、章子さんを排除したかもしれない。

妻なのだから、その権利はあった。

でも、章子さんとお腹の子の不幸を、自分の手で促すなんてことはしたくなかった。

「そう……。わかった。聞かないでおくよ」

「ありがとうございます。角田さんの優しさを踏みにじるようなことをしてごめんなさい。これ以上、ご迷惑をおかけするわけにはまいりません。突然で申し訳ありませんが、今日で仕事を辞めさせてください」

「えっ、ちょっ……」

角田さんがひどく慌て出した。

「まさか……出ていくってこと？」

「はい」

「辞めてどうするの？　お腹に子供がいたら働けなくなるだろ？」

だからだ。だからこそ、ここを辞めて出ていく決心をした。

角田さんは本当に優しい人。私が結婚を断っても、ここに置いてくれるに違いない。

でも、それでは私の都合で彼を振り回すことになる。

ここで子供を産めば、当然皆角田さんの子だと考えるだろう。そうしたら、彼は新しい伴侶と出会う機会を失うことになる。

「なんとかします。この子はちゃんと育てます」

「そんなの無茶だ。家もないのに、そんな……」

たしかに、無謀だと思う。だけどこの子のために強くならなくては。

行基さんとの間にできた大切な宝物は、私が守る。

「心配してくださってありがとうございます。でも私、強運の持ち主なんですよ。だって、角田さんとも出会えたじゃないですか」

私は笑顔を作って言った。

あのとき、雇ってもらえなければどうなっていたかわからない。

「どうしても気持ちは変わらない？」

「はい」

「そう、か……。それならひとつだけ約束してほしい」

なんだろう。

首を傾げると彼は続ける。

「どうにもならなくなったら、俺を頼って。父親になりたいなんてもう言わない。でも、縁あってかかわった人だ。幸せじゃないと俺が困るから」

その優しい言葉に我慢していた涙があふれてくる。

「角田さん……ありがとう、ございます。本当に――」

顔を手で覆って泣いていると、彼が肩をポンと叩く。

「一橋さんは笑顔じゃなくちゃ。この店も、一橋さんのおかげで随分繁盛するようになったし、一橋さんの幸せくらい見届けさせてよ」

「……はい」

私は手で涙を拭い笑った。

いつまでも泣いていては、幸せなんてやってこない。

それに、彼に見せる最後の顔は笑顔がいい。

「それでは。行きます」

「もう何日か休んでからにしたら？」

ありがたいけど、決心が鈍る。他人の優しさを覚えると弱くなる。

「いえ」

首を振ると彼はあきらめたのか、小さくうなずいた。


荷物をまとめて一階に下りると、角田さんが待ち構えていた。

「これ、持っていって」

そして私に二十圓も握らせる。

「いえっ、いただけません」

「まだお給料払ってないでしょ？」

そうは言っても多すぎる。家賃も食費も払っていないのに。

「こんなには……」

「それじゃあ、十圓がお給料。五圓はお腹の子の祝い。あとの五圓は……楽しかったお礼」

「角田さん……」

私はなんて幸せなんだろう。胸がいっぱいだ。

「だってさ、一橋さんに出会えなかったら、俺、妻と離縁したことを後悔して今でもくよくよしていたと思うよ。でも、また人を好きになれるんだってわかったし、笑顔でいれば運が向いてきそうだって気づいたんだ」

彼はそう言いながらクシャッと笑う。

「はい。それではこれはありがたく頂戴します。いつか、この子の顔を見せに来ますね」

お腹に触れて言うと、彼はうれしそうに目を細める。

「おじちゃんの声、覚えているんだぞー」

角田さんが腰を折り、お腹に向かって囁くので噴き出した。

「まだ無理ですよ」

「あはは。そうだね。まずいな。子を通り越して孫ができる気分だ」

そして彼もケラケラ笑う。

「それでは」

「うん」

私は深く頭を下げ、貸本屋を出た。

きっと彼がいつまでも見送っている気がして振り返らないでおいた。今振り返ったら泣いてしまいそうだったから。

今度会うときは、とびきりの笑顔を添えたい。

「どこに行こう……」

これからの生活の計画などまるでない。とにかく仕事を探さなければ。

今日は宿をとるとして……家も、角田さんが持たせてくれたお金があればなんとかどこかに間借りできるだろう。女中として雇ってもらうのもいい。ただ、子を産んだあとしばらくは働けないかもしれない。その前に必要なお金は貯めなくては。

大きな川にかかる橋に差しかかったとき、初子さんのことを思い出し、つげの櫛を髪に挿した。

「初子さん、見ていてね。私、ちゃんと幸せになる」

子を持つと強くなるのだろうか。

津田家を飛び出したときは、もう幸せはつかめないとむせび泣いた。そして、初子さんにも弱音を吐いた。

でも今は違う。私はこの子を幸せにする。そして私も幸せになる。

そんなことを思いながら、行基さんにもらった懐中時計を無意識に握りしめていた。

津田家を出てからも毎日ねじを巻き、決して時間が途切れぬように気をつけているのは、彼との幸せな時間を忘れないようにするためだ。

あの楽しかった日々があり、今がある。そして、新しい命も。

時間はずっとつながっている。

「恋ひ死なば鳥ともなりて君が住む宿の梢にねぐら定めむ」

――恋焦がれて死んだなら、鳥になってあなたの住む家の梢をねぐらとしましょう。

初子さんに和歌を教わり、本を手に取るようになってから、私もたくさんの和歌に親しんできた。その中の一句を口にした。

行基さんは私を鳥のようだと言った。まあ、おしとやかにできない私を笑ったのかもしれないけれど、自由に飛び回れとも言ってくれた。

いつか、初子さんのところに行ったら、今度こそ行基さんのそばに――。

「死なせるか」

「えっ？」

その声とともにうしろからふわりと抱き寄せられ、息が止まる。

「鳥のように飛び回っても、羽を休めるのは俺の腕の中だけだと言ったはずだ。戻ってこいと」

それは愛しいあの人――行基さんだった。

「どう、して……」

どうしてここにいるの？

呆気に取られて言葉が続かない。

「それは俺が聞きたい」

これは夢？

私を強く抱き寄せる彼の腕にそっと触れてみる。すると、たしかに体温を感じる。

「あや。どれだけ心配したと思ってるんだ」

行基さんの悲痛な声が耳に届いた。

彼にまた『あや』と呼んでもらえただけで、胸が張り裂けそうに疼く。

「やっと見つけたと思ったら、さっき出ていったと言われて……心臓が止まるかと思った」

それじゃあ、角田さんのところに行ったの？

まさか、探してくれているなんて。

あっ……。やはり黒岩さんがいたのは偶然ではなく、私を探しに来ていたということ？

「ごめんな、さい。でも、私は……」

章子さんとはどうなっているの？

「逃がさないよ。絶対に逃がさない」

行基さんは以前と変わらず強い気持ちをぶつけてくる。それがうれしくてたまらないのに、簡単には受け入れられない。

だったらどうして、私だけを見ていてくれなかったの？　章子さんとそういう関係になったの？　それが上流階級のたしなみ、なの？

私が欲しいのは、地位やお金じゃない。あなたの愛だけなのに。

「貸本屋の店主とは……」

彼は弱々しい声を紡ぐ。

「角田さんは路頭に迷っていた私を助けてくださり働かせてくれました。住むところを探していると言ったら部屋も貸してくださり……」

正直に話すと、彼は手の力を緩め、私をくるっと回して向き合った。

「まさか、そういう仲なのか？」

「そんなわけありません」

求婚はされたが、心は動かなかった。

だって……あなたが好きでたまらないのだから。

「疑ってすまない。お前のこととなると冷静ではいられない。誰にも触れさせたくないんだ」

嫉妬、しているのだろうか。

自分は章子さんとそういう関係になっておいて？　私が同じように心を焦がすとは思わなかったの？

「ゆ、行基さんは、どうなんですか？」

もう全部ぶちまけよう。

私はそもそも上流階級の人間じゃない。そんな人たちのたしなみを理解できない。

「どう、というと？」

この反応はなんだろう。

妾を持ち、他に子を作ることは当然ということ？

「私だって……行基さんが他の女性に目をやったらつらいんです。耐えられないんです。ましてその人との間に子ができたと聞いたら――」

「なんの話だ？」

「えっ？」

章子さんが懐妊したことを知らないの？

そんなわけないよね。だって黒岩さんだって知っているのだから、耳に入っているはずだ。

「あや、なんの話をしている？」

「だって、章子さん……」

「章子？」

彼は首を傾げ、私を凝視する。

「章子はたしかに懐妊したようだが、まさか、俺の子だと思っているのか？」

「違うんですか？」

驚きすぎて大きな声が出る。

「当たり前だ。女は生涯お前だけでいい。章子は妹のような存在だと言わなかったか？」

「だって章子さんが、行基さんの子だと。お慕いしていて妾としてそばにいさせてほしいと……」

私が言うと、彼は天を仰ぐ。

「それはすべて嘘だ」

「嘘？　でも、行基さんの左脇腹の傷もご存じで……」

そう伝えると、彼は脱力して首を横に振る。

「もちろん知っているさ。幼い頃、俺と信明と仲のよかった章子の兄とで木登りをしていて、三人で細い枝に座ったら折れてしまったんだ。そのとき、裂けた枝でけがをしたんだよ。けがの治療のあと三人で大目玉を食らって、それを章子も見ていたんだ」

それで知っていただけなの？

「そんなことを聞かされたのか。そもそも章子は信明と……。はー、まったく。少々甘やかしすぎたらしいな。きつくお灸をすえなければ」

本当に誤解なの？　それじゃあ行基さんは、私のことをまだ？

「それで思い悩んで出ていったのか。本当にすまない。また苦しめたんだな」

彼は私をもう一度腕の中に閉じ込める。

私はしばらく呆然としていた。

だって涙が枯れ尽くすまで泣き、ひとりで生きていく覚悟をして……。

気が狂いそうになるほどにつらい時間だったので、それが嘘だったと知ってもうまく状況を呑み込めない。

「章子が離縁したのは……実は旦那の暴力が原因なんだ。相手は貿易商の男で親同士が決めた縁談だったんだが、章子を奴隷のように扱い、虫の居所が悪いとすぐに手を上げるような冷酷な男だった」

「そんな……」

ひどく驚き、彼から少し離れて顔を見上げる。

女に手を上げるなんて最低だ。しかも、自分の妻に。

「それを知った俺や信明が離縁できるように動いたんだがなかなか応じてもらえず、仕方なく金を積んだ。子ができていたとは驚いたが、それもおそらく無理やり……」

彼は苦しげに眉をひそめる。

そんなひどいことがまかり通るなんて……。

「章子は焦ったんだろう。元旦那の子であると知られれば、連れ戻されるかもしれない。いや、生まれる子が男なら、もしかしたら子だけでも。だから俺の子だなんて嘘を——」

そんなことがあっていいわけがない。

連れ戻されたら、確実にもっとひどい暴力を受けるだろう。それに、章子さんが望まないのに子供だけ連れていかれるのも、絶対に受け入れられない。

私だって……実の母が生きていたら、どんなに貧しくても一緒に暮らしたかった。

背広をつかみ、どちらも嫌だという視線を送ると、彼はうなずく。

「心配はいらない。章子は大切な妹だ。俺と信明で守る」

彼の力強い言葉に安堵した。

「かといって、あやを傷つけていいわけがない。兄として謝らせてくれ。本当にすまなかった」

行基さんは私から離れ、深く頭を下げる。

でも、彼にそんなことをしてもらう理由がない。私が章子さんの嘘を見破れず、行基さんを疑ったのが原因なのだから。

私は首を振り、自分からしがみついた。

こんなこと、普通なら恥ずかしくてできない。だけど、今は片時も離れたくない。

彼の温もりを肌で感じていたかった。

「謝って済むことじゃないのはわかってる。どれだけあやが悩んだか……。お前を守ると決めたのに、俺は傷つけてばかりだ。情けない」

私の背中に回った手に力がこもる。

行基さんがついた嘘じゃないのに、『情けない』とまで言ってくれる。

ああ、こんな優しい彼が大好きなんだ。

「ただ、これだけは信じてほしい。あやを妻にすると決めたときから、一生お前だけを大切にすると心に誓っていた。あやにひと目会った瞬間から、俺はずっとお前に恋をしているんだ」

ひと目会った瞬間って……初子さんとのお見合いのときのこと？

そっと顔を見上げると、彼は優しく微笑む。

「海老茶袴をはいていたお前に会ったときからな」

「えっ！」

まさか、気づいていたの？

「な、なにを言って……。私は女学校には行っておりません」

「もういいじゃないか。どうせ初子さんの逢引の片棒を担いでいたから、言えなかったんだろう？」

そこまでわかっているの？

なにも言えないでいると、彼は私の手を握る。

「この手の中のもの、見せてごらん?」

「あっ、これは……」

懐中時計を持ったままだった。

行基さんはためらう私からそれを取り上げる。

「見覚えがある時計だな」

「お、同じものをお持ちだったのでは?」

もうここまで知られているのだから、素直に『あなたにもらいました』と言えばよかった。だけど、これをずっと肌身離さず持っていたということは、彼への想いを募らせていたと告白するようで、たまらなく面映ゆい。

私が反論すると、彼は銀の蓋を開けた。

「ワイ、ティ」

そして、あの英字に触れて発音する。

【Y・T】はそう読むんだ。そういえば、これがなにを示しているのかまだ知らない。

「行基を英字で書くと頭文字はワイ。そして津田はティ」

えっ……もしかしてこれは、彼の名前?

「西洋では名前が先で、苗字があと。イニシャルというんだよ」

彼は蓋をパチンと閉じ、私にもう一度差し出した。

「ずっと持っていてくれたんだな」

もう隠せない。観念してこくんとうなずいた。

「あの日、袴姿のあやを見て一目惚れした。でも、それだけじゃない。言葉を交わした短い間に、突き抜けたような明るさと一本筋が通っているような信念を持つお前に興味を持った。どうにかつながれないかと、とっさに持たせたのが、この懐中時計だ」

この時計にそんな思いがこもっていたとは知らなかった。

だけど、たしかに私と行基さんをつなぎ続けてくれた。

「でも仕事が忙しくてお前を探す隙もなかった。そのうち初子さんとの縁談が持ち上がり、これも津田の家に生まれた運命だと受け入れた。それなのに、見合いの席でお前を見かけて息が止まった」

出会ったときとは違うみすぼらしい着物を纏い、髪を振り乱していたというのに、やはり気づかれていたんだ。

「女学校に通っているはずのあやが、なぜ女中のようなことをしているのかわからなくて混乱したよ。それでも、やっと会えたとうれしかった。だけど、初子さんに恥をかかせるわけにはいかないと思い、縁談を受け入れた。その初子さんがまさか恋をしているとは知らずにね」

彼はやはり優しい人だ。きちんと初子さんが気持ちを伝えれば、縁談もなかったことにしてくれたかもしれないのに。

「あやが女学生だったことはないと言い張るから、思い違いかもしれないとも思った。でも、一緒に暮らしていると、ますますあのときの娘だったと思うようになって……暴漢に襲われたときにこの時計で脈を測っているのを見て、やはりと」

「ご存じだったんですか？」

意識が戻ったときすぐに隠したけれど、見られていたんだ。

「ああ。でも、言いたくないのならそれでもいいと思っていた。あやは俺の妻であることに変わりないのだし、俺が唯一愛する女だということも」

「行基さん……」

『唯一愛する女』と、一番欲しかった言葉を口にされ、幸福な気持ちで満たされる。

「わ、私……。この時計をいただいたあのときから、ずっと……ずっと行基さんをお慕いしておりました。初子さんの婚約者として行基さんが現れたとき、私の恋は終わったんだと落胆しました」

思いきって胸の内を告白すると、彼は目を大きく開きうなずいている。

「ですから、婚姻の申し入れがあったとき、とてもうれしかった。あっ、だからといって、初子さんが逝ってしまったことを喜んだなんてことはありません。ただ、初子さんの分も行基さんと幸せにならなければとずっと思っておりました」

「お前が誰かを蹴落としてまで幸せが欲しい女じゃないことくらいわかってる。現にこうして章子のために身を引こうとしているんだし」

大きな手で私の頬に触れた行基さんは続ける。

「だけど初めて会ったとき、あやも同じ気持ちでいてくれたんだと思うと、ここが痛いな」

彼は自分の胸をトンと叩く。

「あのとき、無理やりにでも引きとめて捕まえておけば、こんなすれ違いもせずに済んだのに。俺の直感は正しかったのだから」

捕まえてくれても、結ばれたかどうかはわからない。

彼と私とでは、どう考えても釣り合わなかった。

「これが恋の痛みというものなんだろうな。苦しいが、悪くはない」

行基さんは私をまっすぐに見つめ、表情を緩める。

「私も苦しくてたまりませんでした。でも、行基さんに恋をしたことを一度たりとも後悔したことはありません」

彼にふさわしくないのかもしれないと悩む日々ではあった。

でも、恋したこと自体を後悔したことはない。

「ありがとう、あや。俺もお前に出会えて幸せだ」

愛する人と心を通わせられるのは、奇跡のようなことなのかもしれない。

実際、初子さんや章子さんのように、親同士が勝手に決めた縁談が進むなんていうことが珍しくはないのだから。

胸がいっぱいで、それ以上言葉が出てこない。しかし、安堵して気が抜けたからか気分が悪くなってきて、倒れ込むように彼にしがみついた。

「あや、どうかしたのか？　ずっと無理をして働いて——」

「違うんです」

私は首を振り、彼の手を握って自分のお腹に持っていく。

「え……」

「ここに、行基さんと私の子が。それで体調がすぐれないだけです」

「はっ……すぐれないだけとはどういうことだ。一大事だ！」

彼は喜んでいるのか怒っているのか、複雑な顔をして私を抱き上げる。

「あや……こんなとき、どういう顔をしたらいいんだ？　俺の子が……お前と俺の子が……。ああ、人生でこんなにうれしかったことはない。なんて幸せなんだ」

これほどまでにこの子の命を歓迎してくれるとは。

ひとりでひっそり産み育てることを覚悟していたので、余計に喜びがこみ上げてくる。

私は彼の首に手を回し、ギュッとしがみついた。

「笑顔でよろしいかと」

「そうだな」

同意したくせして、行基さんの目がうっすらと潤んでいるのに気づいて、私まで感極まってくる。

人力車を止めた彼は、私を膝に抱いたまままそれに乗った。

「家まで我慢できるか？」

「はい」

「体が冷えてはいけない。もっとしがみついて」

彼は背広を私にかけ、強く抱きしめる。

「は、恥ずかしいです」

こんな人前で……。

「俺は恥ずかしくなんてないぞ。あやは俺の自慢の妻だからね」

行基さんの弾けるような笑みを見ていて、ハッと思い出した。

「あっ、でも……離縁してしまって」

一番肝心なことを忘れていた。津田家には戻れない。

「離縁なんてしてない。お前はまだ、津田あやだ。いや、一生、津田あやだ」

「えっ？」

そう、なの？　家を出たのに？

「離縁というのは役所に届け出なければならないんだよ。婚姻のときも手続きをしただろう？」

「そうなんですか？」

家から出れば離縁だとばかり。

「ははは、お前らしくて安心した。あや、離縁など絶対にしてやらないからな。お前がどこに逃げようと俺は追いかけていく。一生愛して愛し抜くと言わなかったか？」

「はい。おっしゃいました」

「お前はまだ覚悟が足りないようだ。世界中の人間に俺たちの仲のよさを見せつけないと」

彼はそう言うと、不意に唇を重ねる。

「ちょ、ちょっとやめてください。見られています！」

「なになに。もう一回？」

「違いま……ん」

行基さんは不敵な笑みを浮かべ、もう一度熱い唇を落とした。


津田家に戻ると、女中一同がうっすら涙を浮かべて迎えてくれたのには驚いた。

「あやさま、ご無事で」

「皆さん……」

「皆、お前を探すのを手伝ってくれたんだよ。あやのいない津田家は火が消えてしまったようだと」

女中たちにも受け入れてもらえていたんだと、今さらながらに目頭が熱くなる。

「ありがとうございます」

「挨拶はあとだ。俺の部屋に布団を敷いてくれ。それと医者を」

「お医者さまは呼ばなくても……」

懐妊は病気ではないのよ？

止めたのに、彼は譲らない。

「だめだ。あやは無茶が好きだからね」

行基さんは私を布団に寝かせたあと、枕元に胡坐をかいて座る。

「あやさま、体調がお悪いのですか？」

お茶を持ってきた貞が心配そうに尋ねる。

「いや、懐妊だ」

行基さんが答えると、貞の目が大きく開いた。

「それは……おめでとうございます」

「ありがとう。これから貞たちにもたっぷりと手伝いを頼むから、よろしく」

「もちろんでございます。あやさま……お戻りくださり、ありがとうございます」

貞が目に涙をため、頭を下げるのを見て、胸がいっぱいになる。

「ありがとう……」

お礼を言うと、貞はうれしそうに微笑み出ていった。

「女中たちは皆、お前の心配ばかりしていた。舞踊の稽古に熱心だったから、芸妓をしているのではないかと貞が言うから、そうかもしれないとまずはそこを徹底的に探して……」

そうだったんだ……。

「いえ、芸妓は……。舞は好きですが、行基さんに嫌われることはしたくありません」

そんなことを口にしながら、ハッとする。

彼のもとを離れると決めていたのに、まだ嫌われたくないと心のどこかで思っていたんだわ、私。

「そうか。そうだな。あやが他の男のために舞うなんて、気分が悪い」

そう言い捨てた行基さんは、私の髪を撫でる。

「だけど、小説のほうだったか」

「たくさん読めて、一石二鳥でした」

「ははは。お前はどこまでも前向きなんだな」

心配をかけておいて申し訳ないけれど、行基さんが私にくれた能力を生かせる場所にいられたのは幸せだった。

「でもなぁ、頼む。子が生まれるまではおとなしくしていてくれないか？　黒岩も相当苦労したようだし」

「黒岩さん？」

どうして彼の名前が今出るの？

「ああ。暴漢に襲われてから、俺がついていてやれない間はあやを家に閉じ込めておこうかと考えた。でも、お前は鳥だ。空を飛び回り、たくさんの刺激を受けて好奇心を満たしてこそ輝く。だから一ノ瀬と相談して、秘書見習いをしていた黒岩を監視役につけていた」

それで何度も見かけたんだ……。

「でもあやは行動が素早くて買い物に出たはずなのに興味のあることを見つけるとすぐにどこかに消えてしまう。少しも目が離せなくて、秘書の仕事のほうがずっと楽だと黒岩は苦笑していたよ」

まさか、全部見られていたなんて。

「すみません」

「いや、それでも閉じ込めておきたくはなかった。お前が目を輝かせているのが好きだからね。まあ、ヒヤヒヤはしたんだが」

彼は目を細め、微笑んだ。

そこまで理解してもらえていたとは。

私はなんて素敵な旦那さまと結婚できたんだろう。

「わかりました。しばらくはおとなしくするよう努めます」

「あはは。頼む」

彼はひとしきり笑ったあと、真顔に戻り、熱い眼差しをぶつけてくる。

「あや。俺の前からもう二度と消えるな」

「……はい」

私だって消えたかったわけじゃない。

「行基さん、聞いてもいいですか？」

「ああ、なんでも」

この際、心のもやもやは全部解決しておきたい。

「先ほど、初めて会ったときから、私のことが気になっていたとおっしゃいましたけど……行基さんは私に『愛せないかもしれないが覚悟はあるか？』と問われましたよね」

あの言葉がずっと引っかかっている。

それもあって、章子さんが彼の想い人だと勘違いした。

「そうだな」

彼はそう言ったあと、視線をさまよわせて言葉を探しているように見える。

「それは……俺が大切に思うものに次々と不幸が襲いかかってきたからなんだ。だから、あやと想いを通じ合わせたら、あやまでも不幸になるんじゃないかと怖かった。もう気持ちが傾いていたからこそ、自分を戒める意味もあった」

どういうこと？

首を傾げて彼の目を見つめていると、一瞬唇を噛みしめてから続ける。

「俺には弟がいた」

「あっ……」

そういえば、初子さんがそう言っていたような。

「知っていたのか？」

「はい、初子さんから亡くなったと聞きました」

「そう。俺が尋常小学校に上がった年に、弟は俺の風邪をもらってこじらせ……そのまま」

行基さんの風邪を？

でも亡くなったのは彼のせいじゃない。兄弟なら風邪を移したり、移されたりなんて日常茶飯事。私や孝義、そして初子さんも連鎖することがよくあった。

「それは行基さんのせいでは――」

「それだけではない。章子の兄も……」

そういえば、数年前に逝ってしまったと言っていたような。

「信明とともに、津田紡績の頭脳として働いていた。頭の切れる男で、人を使うのがすこぶるうまかったので、工場の責任者として従業員をまとめてもらっていたんだ。でも……ある日、工場で起きた事故で亡くなった」

「そんな……」

それも行基さんのせいではないけれど、自分の会社で起きたことである以上、責任を感じているんだ。お兄さんを奪ってしまったという罪悪感があるから、章子さんに甘いのかもしれない。

「そして、見合いをした初子さんも……。愛とは違ったが、夫婦の契りを交わす以上は幸せにしなければと考えていた。そうしたらあっけなく逝ってしまった」

祝言の日の夜、『難しいな。人と人との関係は』と言っていたけれど、誰かを大切に思えば思うほど不幸が襲うことを意味していたんだ。

「行基さん、それはきっとたまたまです。たしかに不幸は続いたかもしれません。でも、行基さんはなにも悪くないし、それを背負う必要なんて……」

彼があの日、どんな気持ちで『愛せないかもしれない』と口にしたのかと思うと、胸にこみ上げてくるものがある。『覚悟はあるか?』と私に問いつつ、自分にも言い聞かせていたのだから。

「ありがとう、あや」

行基さんは私の手を握り、苦しげな顔をしつつも微笑んだ。

「だから、お前への気持ちを必死に抑えようとした。夫婦として楽しくやっていきたいというのは本音だったが、それ以上は望むまいと思った。家のための婚姻だと必死に自分の気持ちを止めた」

彼は目を閉じ、スーッと息を吸い込む。心を落ち着かせているのだろうか。

「でも、お前のおかげでこの世に踏みとどまれたとき、どうにも気持ちを抑えきれないと思った。あやが愛おしくてたまらないと。あやを置いて死にたくなどないと」

切なげな表情の行基さんは、私の手の甲に唇を押し付ける。

「それなら戦おうと思った。俺にまとわりつく妙な運命には負けない。絶対にあやのことは俺が守ると」

「行基さん……。大丈夫ですよ。だって一ノ瀬さんはお元気じゃないですか」

一ノ瀬さんも彼の大切な人のはず。

「信明か……。あいつは強運の持ち主だな」

私はクスクス笑う行基さんの手を強く握り返した。

「でも、あやが突然消えて、一瞬最悪の事態が頭をよぎった。やはり運命にはあらがえないのかと落胆した。でも、お前は絶対に生きているとすぐに思い直した」

「それはどうしてですか？」

「お前の前向きな姿を見てきたからだろうな。なにがあっても絶対に死を選択するような女じゃないと。俺の好きな女は、生命力のある強い女だと信じて探し続けていた」

津田の家を飛び出したときは、不安しかなかった。これですべて終わったと、不幸の始まりを感じた。

だけどたしかに、いつか寿命が尽きて再び生まれ変わることがあれば、また行基さんと出会いたいとは願ったものの、〝死〟を思うことはなかった。

初子さんは自分の気持ちを昇華《しょうか》するために愛する人との死を選んだけれど、私は生きることとしか考えていなかった。

「お前と一緒に生きていきたいんだ」

行基さんが吐き出すように言ったとき、私の目尻から一粒の涙がこぼれていった。

「私が行基さんの不幸の連鎖を止めます。私は絶対に死にません。生きてあなたとこの子と幸せになります」

もう、こんな苦しい思いから解放させてあげたい。

「あや……」

彼は目頭を押さえ、しばらく動かなくなった。

しかし、次に目を開けたときには微笑み、私を見つめる。

「三人で、幸せになろうな」

「はい」

それから降ってきた唇は、今までで一番熱かった。


医者の診察では、体は健康でお腹の子も問題ないということだった。

ただ、疲れがたまっているので、しばらくは栄養を十分に取り休養するようにときつく言い渡された。

「あや、食いたいものはないか?」

「そうですね。うーんとあんののったお団子が……」

「本当に好きだなぁ。女中に買いに行かせよう」

彼はとわを呼び指示を出したあと、なぜか掛布団をめくって隣に滑り込んでくる。

「行基さん?」

「医者が、体を冷やしてはいけないと言っていただろう？　あやはいつも手足が冷たい」

そう言うと、私の首の下に腕を差し入れて抱き寄せ、自分の足の間に私の足を挟む。

毎日の習慣がこうして戻ってきたかと思うと、感慨深いものがある。

でも、彼は夜のように浴衣姿ではなくズボンをはいているので、直接素肌に触れられなくて、少し残念だ。

……って、私ったらなんとはしたないことを。

だけど、彼の体温を感じているとたまらなく安心するから仕方がない。夜は思う存分甘えよう。

「しばらくはお預けか……」

「なにがですか？」

なにか妊婦は食べてはいけないものがあるの？

「なにがって……お前をかわいがることに決まっているだろ？」

「え……」

それは肌を重ねることを言っているの？

「なにを驚いているんだ。愛を深めるためには必要な行為だぞ」

「そ、そうですけど……」

たちまち速まり始めた鼓動に気づかれたくない。

「あや、頬が赤いが？」

「み、見ないでください」

「あはは」

またからかわれた。

「大切な俺たちの宝のためだ。まあ、仕方ない」

彼は私のお腹に手を伸ばして触れる。

「男の子かな。それとも女の子？」

「どっちでもいい。健康でお前に似た元気な子であれば。あっ、いや……もう少しおとなしくてもいいいな」

「もう！」

私が口を尖らせると、クスッと笑う。

ああ、幸せだ。

こうして他愛もないことを言い合って、大好きな人の笑顔を見ていられるなんて。

「あや、愛しているよ」

行基さんは愛を囁き、私の額に唇を押し付ける。そしてまぶたに、頬に……唇に。

「んっ……」

どんどん深くなっていく口づけは、甘い媚薬《びやく》となり、私の心を痺れさせる。

「はっ、だめだ。我慢できなくなる」

ようやく離れた彼は、もう一度私を強く抱きしめた。

「あや、疲れているだろう？　少し眠って」

「……はい」

腕の中が心地よくて安心したのか、目を閉じるとすぐに眠りに落ちていった。

誰かがすすり泣くような声が聞こえてきてゆっくり目を開くと、日が傾きかけている。

「もう泣くな。泣きたいのはお前じゃない。あやだ」

障子の向こうの縁側から行基さんの声が聞こえる。

誰と話しているの？

「行基さん？」

体を起こして尋ねると、「入るよ」と声をかけられ了承した。

「あっ……」

するとそこには、行基さんと目を真っ赤に腫らした章子さん、そして一ノ瀬さんまでもそろっていたので、慌てて浴衣の襟元を直す。

「あや。章子の謝罪を聞いてやってほしい」

「いえっ、そんな……」

行基さんの言葉に慌てる。

たしかに章子さんのついた嘘でズタズタに傷ついたけれど、彼女も切羽詰まっていたのだから、もう許したい。

「ほら、章子」

行基さんに促されて部屋に足を踏み入れた彼女は、正座した。

すると、あとのふたりも隣に正座をするので、私も慌てて座り直す。

「あやさん、本当に申し訳ありません。まさか、出ていかれるなんて。そんな選択があるとは思いもよらず……。しかもお腹に子供まで……」

私は自分が出ていくことが最善だとすぐに思ったけれど、彼女にとってはまさかの選択だったんだ。

「この子は行基さんの子ではありません。本当は、こちらに戻ってきてからすぐに懐妊したことを知りました。ですが、周囲に知られたら連れ戻されるのではないかと、誰にも相談できず……不安でたまりませんでした」

それじゃあ私に挑発的な発言をしたとき、もう知っていたの？

「もし行基さんの子ということにできれば、この子を実家で育てることができるのではないかと考え出したら、それしか浮かばなくなりました」

彼女はポロポロと涙をこぼしながら必死に言葉を紡ぐ。

「それに、幸せそうなあやさんを見ていると、どうして私だけこんなに苦しまなくてはならないのかと嫉妬して、あんなひどい態度を取ってしまいました。ごめんなさい」

章子さんは深く頭を下げる。

「本当は……行基さんのことをお慕いしているのは、兄としてです。おふたりが仲睦まじいのがうらやましかった……」

「もう十分です。章子さん、あんまり泣くとお腹の子に障ります」

彼女に少し近づき声をかけると、行基さんが口を挟む。

「あや。簡単に許してはいけない。章子のためにもならない」

彼は毅然とした態度で「章子」と続ける。

「お前には、他人を思いやる気持ちが足りない。傷つけられて苦しい思いをしてきたのは承知している。だから、ようやく得た安住の地を逃したくなかったのも、幸せに嫉妬したのもわかる。でもな、他人を傷つけて得た幸せなんてまがいものだ」

行基さんの言葉に彼女は何度もうなずく。

「あやのように強くなりなさい。彼女はなにがあっても前を向いている。そして、周りの人間に気を配れる優しさを持っている」

まさか、そんな評価をされているなんて驚いた。

「はい。本当にすみませんでした」

章子さんは手をつき頭を下げる。

すると行基さんまで同じようにするので、目を瞠る。

「妹が申し訳ない。甘やかした俺たちの責任だ」

「そんな……」

「あやさん。俺からも謝罪させてください。章子がとんでもないことをしました。本当に申し訳ない」

一ノ瀬さんまでもが畳に頭をつけ、謝ってくれた。

章子さん……あなたはこんなに愛されているのよ？

旦那さまに暴力を振るわれたという事実は、彼女に影を落としたかもしれない。でも、もう過去のつらいことは忘れて明るく生きていってほしい。

「章子さん、やり直しましょう。ねぇ、一緒に子育てしましょうよ。ひとりだと不安だわ。子供同士、仲良くなれるといいわね」

私がそう言うと、彼女は大粒の涙を隠すことをせず、もう一度頭を下げる。

すると、隣の一ノ瀬さんが彼女にハンカチーフを差し出し、怒り気味に口を開いた。

「だいたい、妻のいる行基さんの子にするなんて、お前は馬鹿か。俺にしておけばよかったんだ」

「まさか、あやさんが出ていかれるとは思わなかったもの。それに、妻のいない信明さんを父親だと偽ったら、嫁が来てくれなくなるでしょ？」

なるほど。彼女は彼女なりに考え、妾という立場なら、私も行基さんの妻のままでいられると思ってあんな発言をしたんだ。

「まったく、それも馬鹿だ。俺が誰のせいで結婚しないと思ってるんだ」

どういうこと？

一ノ瀬さんの言葉が理解できず首を傾げると、行基さんが私の隣に来て腰を抱く。

「し、知らない……」

「どうせお前は、津田紡績の社長が父親だと言い張れば、子を連れていかれずに済むと思ったんだろう。元旦那の会社は取引先だし」

彼女のお腹の子が行基さんの子でないことなんてすぐにわかるのに、どうしてそんな暴挙に出たのかと思ったけれど、子供を守るために彼の地位を借りたかったんだ。

「だけどな、社長秘書だってそこそこ顔が利くんだ。それに、お前と子のひとりくらい、養ってやれる」

えっ？

ふたりの会話がますます呑み込めなくなり行基さんを見上げると、笑いを噛み殺している。

「な、なに言ってるの？　こんな出戻り……。それにこの子は……」

「出戻り結構。この子は誰がなんと言おうと、俺の子だ」

一ノ瀬さん、まさか章子さんのことを？

「章子、もう観念しろ。兄として、信明にならお前をやってもいい」

「行基さん、偉そうなことを言うのはやめてください」

完全に幼なじみの顔になった一ノ瀬さんはプイッと顔をそむけるけれど、私は気持ちが高ぶっていく。

「章子さんは一ノ瀬さんのこと……」

恐る恐る尋ねると、章子さんは目をキョロッと動かして恥ずかしそうに口を開く。

「だ、大好きよ。ずっと前から」

章子さんのひと言に、行基さんがとうとう笑い出した。すると一ノ瀬さんは「とんだ茶番だ」と顔を真っ赤に染め、章子さんの手を引いて立ち上がった。

「騒がせました。また来ます」

「おお、お幸せに」

笑顔でふたりを見送った行基さんは私の肩を優しく抱き寄せる。

「あのふたり、相思相愛だったんですね」

「ああ、章子が嫁に行く前に付き合っていたんだよ」

そうだったの？

「でも、周囲には内緒にしていたから、章子の親父さんが縁談を決めてしまってね。その頃はまだ平社員だった信明は、貿易商の社長に身分も経済的にも太刀打ちできなかった。それからだ。あいつが必死に働き始めて頭角を現し、俺の片腕としての役割を果たすようになったのは」

「悔しかったんでしょうか」

「そうだな。でも、取り返すつもりだったんだと思うよ」

そう教えられ、頬が緩んだ。一ノ瀬さんはあきらめてはいなかったんだ。

「素敵ですね、一ノ瀬さん」

「お前、誰に目を輝かせているんだ?」

「え……」

彼が突然不機嫌になるので、目が真ん丸になる。

「俺の前で他の男を褒めるなんていい度胸だ」

「えっ、だって一ノ瀬さんですよ?」

弁解したのにもかかわらず、行基さんは私の顎を手で持ち上げる。

「お前の目には俺だけ映っていればいい」

色気のある声でそう囁いた彼は、そっと唇を重ねた。

終章

それから月日は流れ、章子さんは女の子をこの世に誕生させた。

章子さんは一ノ瀬さんと結婚してから笑顔が増えた。

私より一足早く出産した彼女は、一ノ瀬さんと四苦八苦しながら育児をこなし、その知識を授けてくれる。

章子さんは嘘をついて私を傷つけたからか、最初は話すときもひどく遠慮がちだった。だけど、出産や育児のことを話し合っているうちにすっかり打ち解け、今では仲のいい友達だ。

今日は、まだ家からなかなか出られない章子さんの気分転換になればと、彼女の実家のすぐ近くに新居を構えた一ノ瀬家にお邪魔している。

「ずっと見てても飽きないわね。かわいい」

「そうね。でも昼夜関係なく泣くから、出産してしばらくは女中に全部任せてできるだけ体を休めるのよ。そうでないと倒れてしまうわ」

彼女は、片隅に小さな布団が敷いてある居間で静子《しずこ》ちゃんを抱き、私に念を押す。

何度も何度も同じことを繰り返すので、これは行基さんが言わせているに違いないと思っている。彼からも『しばらく家のことはするな』と釘をさされているし。

「あやさんも、安産だといいんだけど」

「章子さん、安産だったものね。私はどうかしら。ちょっと怖いかも」

彼女は陣痛が始まってから九時間で赤ちゃんを産んだ。しかし中には三日三晩苦しむ人もいるんだとか。

「そうね。私もそうだったの。怖くて信明さんに当たり散らしてしまって……」

「えっ！」

「でもね、全部受け止めてくれたの。俺には代わってやれないからこれくらいって」

求婚したときはあんなにツンツンしていたくせして、前の旦那さまから取り返そうと思っていたくらいだからきっと章子さんにベタ惚れなんだろう。

「いい旦那さまね」

「うん。でも、行基さんもそうなると思うなぁ。だって会社からすぐに帰ってきたいからって自動車まで買うんですもの」

たしかに、人力車では時間がかかるからと自動車を購入して、一ノ瀬さんと一緒に通勤している。自動車だと会社から十分もあれば帰ってこられる。

でもそれは、残業をさせてしまうこともある一ノ瀬さんを早く家に帰してあげたいという心遣いもあるはずだ。

そんな彼らが先頭に立ち切り盛りする会社は、行基さんの積極的な先行投資や、練りに練った生産計画などが功を奏し、お義父さまから受け継いだときは三千人ほどだった従業員を、あっという間に五千人近くにまでに増やしている。

津田家のことを、今やすっかり成金などと馬鹿にする人もおらず、政府関係者ですら、輸出で莫大な外貨を得る行基さんに一目置いている。

爵位が欲しくての政略結婚ではあったが、そんなものは行基さんには必要なかったと思う。

私は彼とこうして夫婦になれたのだから、政略結婚に感謝しているけれど。

一ノ瀬さんも、今は空席になっている副社長の椅子に座るのが目前らしい。彼は行基さんの頭の中にある理想を実現するために必要な人なのだ。

「章子、帰ったぞ。あやさん来てるのか？」

「はい」

玄関から一ノ瀬さんの声がして、章子さんは返事をしている。

しまった。おしゃべりがすぎて時間が経つのを忘れていた。

一ノ瀬さんが帰ってきたということは、行基さんも帰っているはずだ。

と思ったら……一ノ瀬さんと一緒に行基さんも顔を出した。

「やっぱりここにいた。あや、家でおとなしくしていなさいと言っただろ」

「章子さんのところはいいでしょう？　お産婆さんからも、そろそろ動いて陣痛を促すようにって言われてるんですもの」

彼は少し過保護すぎる。出産の予定日が目前に迫り、寝ているようにとばかり言うのだ。悪阻《つわり》が長く続いたので、やっと動けるようになったところなのに。

「はー、そうだけど、心配なんだ」

大きなため息をつく行基さんを見て、一ノ瀬さんが肩を震わせて笑う。

「津田紡績の頂点に君臨《くんりん》している男が、こんなことであたふたしているなんて」

「お前だってそうだっただろ！」

たしかに、一ノ瀬さんも章子さんの陣痛が始まったときは、真っ青な顔をして倒れそうだった。

「そうでしたっけ？」

とぼける一ノ瀬さんは、章子さんから静子ちゃんを受け取り、抱き上げる。

彼は静子ちゃんがかわいくてたまらないらしく、すでに『嫁にはやらない』と父親の顔全開だ。血のつながりがないなんてとても思えないよき父親ぶりで、私たちは安心していた。

「ほら、かわいいでしょう。あっ、男には触らせませんけどね」

行基さんに静子ちゃんを自慢げに見せたくせに、すぐに背中を向ける一ノ瀬さんがおかしくて笑いがこみ上げてくる。

だけどそのとき……。

「あっ」

「あや、どうした？」

「陣痛、かも」

実は先ほどからなんとなくお腹が張っている気はしていた。それが急に、少し強めの痛みが来た。

「ほ、本当か？　信明、車を出せ」

「わかりました」

まだ歩けるのに、行基さんは私を抱き上げる。

「章子さん、ではまた」

「お前、こんなときになに言ってるんだ？」

どうやら男性陣は焦っているようだけど、私と章子さんは落ち着いていた。

来るべきときが来ただけだ。


徒歩五分、車なら一分かからない家に帰ると、血相を変えた行基さんは貞を呼ぶ。

「陣痛だ。すぐに準備を」

「かしこまりました」

出産、そして産後の赤ちゃんの世話も含めて、女中がふたり増えた。

自分のことは自分でするのに……。

けれどもそんな悠長なことを考えていられたのも、それから数時間だけだった。

産婆さんに来てもらうと、陣痛の間隔が徐々に短くなってきた。

「ああっ、痛いっ……」

しかしそれから十六時間。もう日が高く上がってきたのに、生まれる気配がない。

「あや、頑張れ」

着替える間もなく、ネクタイを外したシャツ姿の行基さんは、あれからずっと私の手を握り励まし続けている。暴漢に襲われて看病していたときと逆だ。

この日に備えて仕事をやりくりしたらしく、会社を休んでついていてくれる。

こんな旦那さまは珍しい。

「んー」

どんどん陣痛が強くなり、痛みが増していく。息を荒らげ、苦痛に歯を食いしばった。

「まだ我慢してください」

産婆さんにそう指示をされても、苦しさのあまり「ああっ」と声が漏れる。

「あや、あや……」

行基さんは時折私の額ににじむ汗を手拭いで拭き、まるで自分も痛みを感じているかのように顔をゆがめた。

「少し下りてきましたよ。そろそろ頑張りましょうか」

陣痛が始まり、ほぼ一日が経った頃。

産婆さんの言葉に「これからなのか?」と行基さんが大きな声をあげた。

「そうです。これからが頑張りどきです。旦那さん、外に出てください」

「いえ、ここにいます」

行基さんの発言に驚いていた。出産にはたくさんの出血も伴うし、産婆さんに任せるのが当たり前。こうして陣痛の間、一緒にいてくれたことすら貴重なのに。

「珍しい方だねえ。それじゃあ、よーく見ておいてください。女が命をかけてあなたとの子を産むところを」

大きくうなずいた行基さんは、私の顔を覗き込む。

「ずっと一緒だ」

そう言われたとき、これほど優しい彼に出会えたことを改めて神様に感謝した。

「行基さん、無理しないで。……んんんん」

「息を吸って」

それからはよく覚えていない。

産婆さんの言う通りに必死に何度もいきんでいると……。

「ああっ、痛ーい。んんんっ！」

「出てきましたよ。おめでとうございます」

とうとう赤ちゃんが産まれてきた。

それなのに、泣き声が聞こえてこない。

「喉が詰まって……」

「えっ……。嫌っ、嫌よ！」

息をしていないの？　そんなの、嫌……。

興奮して起き上がると、行基さんが私を止め、背後から抱きしめる。

「大丈夫だ。俺とお前の子が死ぬわけがない」

大切な人が次々に亡くなるという不幸を経験してきた彼が、一番不安だったのかもしれない。それでも私も子も絶対に死なせないという気持ちを胸に、こうして一緒にいてくれたに違いない。

私は、彼の不幸の連鎖を止めるためにここにいる。そして彼は、私を幸せにするためにここにいる。

あの子は生きなくちゃいけない。生きるために産まれてきたの。

行基さんの腕を強く握りしめ、息を呑みながら産婆さんの処置を見守る。

すると……。

「ギャー。オギャー」

「あっ……泣いてる」

元気な産声を聞いた瞬間、ポロポロと涙がこぼれてきて止まらなくなった。

そして私の手には、私のものではない涙もポタポタと落ちてくる。

「あや……ありがとう」

行基さんは私を抱きしめ直し、声を震わせる。彼が泣くところなんて初めて見た。

「行基さん。私に幸せを……ありがとうございます」

彼の不幸が止まり、私たちに最高の幸福が降ってきた瞬間だった。


——出会いはただの偶然だった。

しかも、政略結婚という始まりだったにもかかわらず、想い人と心を通わせることができたなんて夢のようだ。

だけど、最初から仕組まれていた運命だったような気もする。そう思えるほど、彼との強い絆《きずな》を感じるのだ。

初子さんの死という悲しい出来事はあったけれど、彼女と約束したように幸せを手にすることができた。

初子さん。私はこれからも強く生きていきます。彼とこの子と私と三人で、あなたの分も必死に生きます。

「さぁ、抱いてあげてください。男の子ですよ」

産婆さんが顔をくしゃくしゃにして笑みを作り、私に赤ちゃんを抱かせてくれる。

「初めまして。私たちのかわいい宝物」

小さくて壊れそうな赤ちゃんの手に行基さんがそっと触れると、指をギュッとつかんでいる。

「おぉ！」

それに驚く行基さんがおかしくてたまらない。

「行基さんも抱いてください」

「ああ」

彼はいつもの威厳はどこにいったのか、おっかなびっくりという感じで赤ちゃんを受け取り抱いた。

「生まれてきてくれて、ありがとう」

そして囁いた言葉に目頭が熱くなる。

すると行基さんは、今度は私に視線を移して再び口を開く。

「あや、俺に出会ってくれて、ありがとう」

そんな優しい言葉に、我慢しきれず再び涙があふれてきた。

そのとき、鏡台の上に置いてある懐中時計が視界に入った。

あの懐中時計は、これからも私たちと一緒に時を刻み続けるだろう。

私たちが幸せのねじを巻き続ける限り、ずっと――。

特別書き下ろし番外編

わだかまりの終着点　Ｓｉｄｅ行基

息子の敏正《としまさ》が生まれて一年と半年。産後、体調を崩してしばらく寝たきりだったあやもすっかり元気を取り戻し、やんちゃな敏正を追いかけている。

俺は命がけの出産を乗り越えてくれたあやに感謝しつつ、三人での生活を満喫していた。

敏正はどんどんあやに似てくる。くっきり二重の大きな目に、スッと通った鼻筋。まだ小さいので頬はぷよぷよで丸々としているが、かなりのいい男。なんて思うのは親馬鹿だろうか。

敏正の世話は女中に任せておけばいいと言うのに、あやはできる限り自分でしたがる。動いていないと落ち着かないという彼女は、母になる前と少しも変わらない。

いや、母となりその美しさにより磨きがかかってきているが、無自覚のようだ。

それもこれも、少しでも目を離すと障子に穴をあけて遊ぶ敏正のせいで四六時中走り回っていなければならず、身だしなみにも気を使えないかららしいが、そんなことはどうでもいい。彼女はそもそも内面が輝いているのだから。

しかも母となり〝母性〟というものが出てきたようで、その視線は以前にも増して優しく、何物をも包み込むような温かさがある。俺も疲れて家に帰るたびそれを感じて癒されている。

今日はそんな彼女に感謝を示したくて、夕食に誘っていた。

「あや、帰ったぞ。準備は整ったか？」

一ノ瀬にあとを頼み、少し早めの帰宅をしたというのに、あやは玄関先に姿を現さない。

「すみません。敏正がまたいたずらをして」

家の奥からあやの声が聞こえてくるので、そちらへと向かった。

「旦那さま、おかえりなさいませ」

途中、女中のとわが出てきたものの、あやの姿は見えない。

「敏正はなにをしたんだ？」

「はい。旦那さまの箪笥をお開けになり、服を引っ張り出して遊ばれておりまして」

「そうか」

やんちゃ坊主め。

しかし、そのくらい元気でもいい。生まれ落ちた瞬間息をしていなかった敏正が、健康で走り回っている姿はうれしいものだ。

「敏正、だめです。お父さまのものに触れてはいけません」

あやの声がする自分の部屋を覗くと、足の踏み場がないくらいにシャツや浴衣が散乱していた。

これは派手にやったな。

想像以上の散らかりぶりに笑いがこみ上げてくる。

「敏正、帰ったぞ」

「行基さん、すみません。私が着物を着替えている間にこんな……」

あやは顔をしかめて謝るけれど、そんな必要はない。それどころか俺の背広を羽織っている——いや、背広の中に埋もれている敏正がかわいくてたまらない。

「旦那さま、すぐに片付けますので」

手伝いに来ていた貞も、申し訳なさそうにしている。

「いつも悪いな。さてと、敏正」

叱られているのに満面の笑みを浮かべている敏正を抱き上げた。

「母を困らせてはだめじゃないか」

と言いつつも、きつく叱る気はない。好奇心旺盛なのはよいことだ。ただそれに振り回されるあやが疲れてしまいそうで心配なだけ。

「行基さんと同じ恰好をしてみたかったのかもしれません。毎朝、行基さんが出勤されたあと、私の手を引いてこの部屋に来るんです。それで箪笥を開けろとせがむのでだめだとたしなめているのですが……」

あやは俺の隣に立ち、敏正に「いたずらはいけません」と言い聞かせている。

「あはは。これは敏正には大きすぎるな。敏正用に洋服をあつらえよう」

「そんな必要ありません」

社長夫人となった今でも、贅沢を望まないあやは首を振る。

「それでこのいたずらが収まるかもしれないじゃないか。それに、こんなに小さなうちから背広に興味を持つなんて、将来が楽しみだ」

少し過保護すぎるかもしれない。

だけど、あやと俺の子なんだから、どうしたってかわいがりたくなるだろ？

「もう、甘いんですから」

あやはそんなことを言いながらも「よかったわね」と敏正に語りかけている。

「それより、その着物よく似合っているね」

「あっ、すっかりお礼を言うのを忘れていました。こんなに美しい着物をありがとうございます」

先日仕立てさせたばかりの着物を彼女は纏っている。

敏正を連れて街を散歩していたときに、呉服屋の店頭で淡藤色の生地に牡丹や小菊があしらわれた反物が目に留まり、あやに着せたいと着物を作らせた。

だけど、着物よりあやのほうがずっときれいだよ。

そう言いたかったものの、貞がいたので口をつぐんでおいた。

「行基さんは、私にも甘いんですもの」

あやは、はにかみながらぼそりと漏らす。

当然じゃないか。あやも敏正も愛おしい俺の宝物なのだから。

「旦那さま、敏正さまを」

「頼んだよ、貞」

箪笥の片付けが終わった貞に敏正を預ける。

「敏正は連れていかないのですか?」

「ああ。今日は日頃奮闘しているあやにご褒美なんだ。敏正は留守番だ」

休日も敏正はあやにべったりで離れようとしない。微笑ましい光景ではあるけれど、たまには彼女も休ませてやりたい。

「そうなんですの？　敏正、留守番できるかしら」

貞に抱かれた敏正を見て、不安げな顔をしている。

無理もない。いたずらは盛大にするくせして泣き虫で、常にあやの姿を探しているような息子なのだから。

「あやさま、お任せください。行基さまのおっしゃる通り、あやさまは働きすぎです。たまにはお休みくださいさい。そのために女中を増やしてくださったんですし」

「そう……ね。それじゃあお願いします」

俺たちは敏正がぐずりだす前に家を出た。

「あら、今日は車ではないんですか？」

人力車を呼んであったので、あやは首を傾げる。

「ワインを飲みたいと思って。酔うと運転が危ないからね」

「ワイン？」

「葡萄で造ったお酒のことだよ。どうやら西洋のワインは少し辛いようなんだけど、日本ではちみつを入れて甘くしてある。あやも飲めるはずだ」

彼女は日本酒もほとんど口にしない。しかし、今日くらいはいいだろう。

「まあ、楽しみ！」

「今日はたっぷり楽しもう」

人力車の前で手を出すと、彼女は照れたような笑みを見せたものの手を添え、乗り込んだ。

思えばあやとの出会いの日も、こんなことがあったな。一気に心を奪われた彼女と、こうして夫婦になれて感無量だ。


人力車で十五分。洋食店に到着した。

「わー、お肉をいただけるんですね」

「ああ。あやは牛鍋が好きだから、ビフテキを食べさせてやりたいと思っていたんだよ」

いい肉でなければ臭みがある。でも、この店は間違いない。

俺たちは向かい合って窓際の席に着き、早速注文したワインを口にした。

「本当に甘いですね。これなら飲めます」

あやは目を輝かせている。

好奇心旺盛な彼女は、新しいものに触れるたびに笑顔を見せるので俺もうれしい。

「今日は敏正のことは忘れて、楽しもう」

「そうですね」

そうは言いつつ、おそらく心配でたまらないはず。でも、敏正が生まれてから夜中に何度も起きて世話を続けている彼女には、休息が必要だ。

「あや、いつも敏正のことをありがとう。仕事ばかりで手伝えなくてすまない」

商売が繁盛するのと比例して忙しさが増している。そのため帰りが遅くなることもしばしばある。

それに、夜泣きする敏正がそばにいては俺が睡眠不足になるからと、ふたりは別の部屋で眠っているので、夜はさぞかし大変だと思う。

「そんなことは気になさらないでください。津田紡績の従業員を守るのも行基さんの大切なお仕事ですもの。それに、貞たちが助けてくれていますよ」

「でもできることはするから、なんでも言って。俺も親なんだし」

「はい。敏正は行基さんのことが大好きなんですよ。夕方になると玄関に行こうと私を引っ張るんです。行基さんがお帰りになるのが楽しみなんでしょうね」

そうだったのか。それは知らなかった。

「かわいいな」

「はい、とっても。ちょっとやんちゃですけどね」

彼女は先ほどの光景を思い浮かべているのか、クスクス笑っている。

「まあ、俺も小さな頃はいろいろやらかしていたようだし、この親にしてってっていうやつかもしれないね」

「行基さんも？」

「障子にいつも穴があいていたそうだ」

本邸に昔からいる女中には相当迷惑をかけてきた。

正直に告白すると「血は争えませんね」と笑っている。

「でも、それなら安心しました」

「どうして？」

「行基さんに似ているのなら、将来有望です。優しくて包容力があって、素敵な紳士になるのかなって」

それは、俺がそうだと言っているのだろうか。彼女はいつもそうしたことを口にはしないので、少し驚いた。

すると、ハッとした様子の彼女はうつむいてしまう。

「あや？」

「あっ、今のは忘れてください」

今さら恥ずかしがるなんて、かわいいやつだ。

「忘れないよ。生涯忘れない」

「えっ！」

ようやく顔を上げたあやをまっすぐに見つめると、視線が絡まりほどけなくなる。

「敏正はあやに似てほしいな。思いやりがあって毅然としていて、頭の回転も速い。しかも、とびきり美しくて俺の心を離さない」

「行基さん……」

今日は夕食に出かけると言ってあったからか、髪も英吉利《イギリス》巻に整えられている。

祝言の頃と比べると確実に色香を増していて、外に出したくないくらいだ。

「あや。これからはふたりでときどき出かけよう。敏正はもちろんかわいいが夫婦の時間も大切にしたい」

敏正も少しずつ手が離れてくれれば、ふたりの時間も持てるようになるだろう。

「はい。ありがとうございます」

「敏正に負けてはいられない」

「負けて？」

あやは首を傾げるけれど、結構本気だ。

「俺もあやのことが大好きだからね。愛の大きさでは負けないつもりだ」

敏正はあやのことが本当に好きで、いたずらを思いついたとき以外はいつも彼女に触れていたがる。だけど俺もそうだから。

「そ、そんな……」

こうして頬を真っ赤に染める彼女のことが、愛おしくてたまらない。

それからも、焼き立てのビフテキを口に運びながら話題に上がるのは、敏正のことばかり。

「そういえば今日、敏正が『あや』と言ったんですよ！」

「本当か⁉」

一ノ瀬のところの女の子はもうとっくに言葉を口にしているらしく、毎日のように『とーさまって駆け寄ってくるんですよ！』と自慢されて少々うんざりしている。

「はい。私、うれしくて……」

もちろん俺もうれしい。だけど『あや』って……。

「お母さまじゃないんだね」

「行基さんがいつも私を呼ぶのを聞いていたんですよ」

そんなところまで俺に似なくても。

「私でも母になれるんですね」

次に彼女がしみじみとした様子でそう口にするので、切なくなる。本当の母の記憶がないため、母親としてどう振る舞えばいいのかと心配していたからだ。

「もちろんだよ。世界で一番よき母だ」

「世界は大げさですよ」

あやは白い歯を見せるが、俺は本当にそう思っている。つらい思いもしてきた彼女だからこそ、愛を注ぎ育てることの大切さがわかっているに違いない。

「あや。今度の休みに、敏正を連れて一橋の家に行こうか」

そう提案すると、目を大きくして驚いている。

「実家に？」

一橋の両親には敏正が生まれてから二度だけ津田家に来てもらい、対面している。産後、あやの体調が回復したときと、敏正が一歳を無事に迎えたときに。

疲れているあやに余計な気を使わせるのは心苦しく、積極的に交流はしていない。やはり一橋の両親の前では、あやはいつもの彼女ではなく、おどおどしているように見えるのだ。それでも優しい彼女が、一橋家を気にかけていることは知っている。弟の孝義くんのことは特に。

俺としては、一橋の両親からあやに謝罪をしてほしい。そして、もしあやがそれを受け入れて許すのなら、これから両家を行き来できるようになればいい。

黒岩にときどき行かせて様子を伺ってはいるが、父上も少しずつ心を入れ替えて散財しなくなっているようだし、孝義くんは爵位を継ぐ覚悟があるようで勉学に励んでいるそうだ。あとは母上……。母上の様子はよくわからない。

「あやが嫌なら行かなくていい」

「いえっ、行きます！」

即答するのを聞き、やはり心配なんだと確信した。

あやはワインが気に入った様子で、何度かおかわりをしている。ビフテキも柔らかく満足いく夕食だった。

人力車で家に向かう途中、彼女はコクリコクリとし始めた。

日頃の睡眠不足とワインのせいだろう。俺は肩を抱き、自分に寄りかからせる。

「幸せだなぁ、あや」

そう漏らすと、半分眠っている彼女は俺の手をギュッと握った。

人力車が我が家に到着すると、あやは目を覚ました。しかし、まだ寝ぼけ眼の彼女を抱き上げ、家の中に連れていく。

「行基さん、歩けます」

「いいから甘えて」

「おかえりなさいませ」

貞が出迎えに飛んでくる。

「敏正は？」

「はい、先ほどお眠りになりました」

「あやを休ませてやりたい。今晩、頼めるか？」

「承知しました」

夜泣きして起きる回数は減っているらしいが、たまには朝まで気にせず眠らせてやりたい。……と思っているのは本当だが、たまにはふたりで過ごしたいんだ。

恥ずかしがるあやをそのまま自分の部屋に連れていき、すでに用意されていた布団に寝かせる。

「着替えないと」

「はい。……えっ？」

俺が帯をほどきかけたからか、彼女は目を丸くしている。

「敏正は貞に任せておけば大丈夫だ。今晩は、俺だけのものでいて」

着物の襟元をグイッと開いて唇を押し付ける。

彼女の体に触れるのは随分久しぶり。これまで、敏正のことが最優先だったからだ。

「ん……」

酔っているせいか彼女の肌がほんのり赤みを帯びていて、実に艶《なま》めかしい。

「あや、愛しているよ。ずっと一緒だ」

彼女の手を指を絡めて握ると、心なしか瞳を潤ませて小さくうなずいている。

ああ、だめだ。すぐにでも彼女を貫きたい。愛おしくてたまらない。

唇を重ねると、あやは俺の背中に手を回して応えてくれる。

「ああっ……行基さん」

甘いため息交じりの彼女の声がますます俺の気持ちを高ぶらせ……。

「好きだ。好きなんだ、あや」

焦るように激しく抱いてしまった。


日曜は晴天だった。

敏正を抱いたあやを連れて一橋家を目指すと、孝義くんが出迎えてくれた。

「行基さん、お久しぶりです。あやさん、元気そうで」

あやが津田家に来てから、孝義くんは随分しっかりとしたらしく、ハキハキと挨拶をする。

「孝義も。敏正、おじさまよ」

「え、〝おじさま〟はちょっと……」

孝義くんはそうは言いながらも、敏正をあやから受け取り、「かわいいなぁ」とつぶやいている。とても優しい青年だ。

彼は先日津田紡績の工場に見学に来て、案内した一ノ瀬にいつか我が社で働きたいと言っていたらしい。立派な片腕になることを期待している。

「津田さま。ようこそお越しくださいました」

たしか、女中頭のまつだ。

「お邪魔しますよ。敏正がうるさくするかもしれませんが……」

「子供は元気でなければ。あやさまも幼少の頃はお元気でしたよ」

「まつ。お転婆なことは秘密にしておいて」

あやは焦っているけれど、もう知っているよ。

「申し訳ありません。さ、こちらへ」

俺たちはまつに案内され、初子さんと見合いをした客間に通された。

「行基くん、いらっしゃいませ」

座卓を挟んだ向かいで父上が深々と頭を下げて挨拶をするのは、かなりの額の融資をしたからだろう。父上の隣には母上も同席していて、同じように頭を垂れる。

「そのようなことはおやめください。私は息子なんですから」

そう伝えると、ようやく視線を合わせてくれた。

俺はなにも金で優位に立ちたいわけじゃない。

「お父さま、お母さま。ご無沙汰してしまいすみません。敏正はすっかり歩き回れるようになりました」

あやは抱いていた敏正を下ろしたものの、敏正はしがみついたまま離れない。

「敏正。おじいさまとおばあさまですよ。ご挨拶しましょうね」

あやがどれだけ背中を押して促しても、父上と母上のほうに行こうとしなかった。

「敏正はあやにべったりでして。彼女は本当によき母です」

俺がそう伝えると、あやはハッとした顔で俺を見つめている。

「あやが敏正に注ぐ愛は、なににも代えがたい。敏正もそれがわかっているので、このように離れようとしません。どうかお許しを」

俺は母上の目を見つめながら口にした。

あやのことを邪険に扱ってきた母上に、彼女が立派に母親をしていることをわかってもらいたい。あやはつらい時期を過ごしたけれど、おそらく今はもう母上のことを恨んではいない。それどころか、章子とのいざこざがあり、妾腹の子を育てなければならなかった母上の苦悩まで理解している。

「お母さま。敏正を抱きしめてやっていただけませんか？　この子は皆から愛されていると感じながら成長してほしいんです」

それは、あやの心からの訴えだと感じた。まるで私も愛されたいと、叫んでいるかのようだった。

「私にその子を抱く権利はあるの？」

母上が顔をゆがませる。

「もちろんです、お母さま」

「あや。冷たくあたってごめんなさい。孫に会えないのは寂しくて……。今になって勝手なことを言っているのはわかっているけど」

母上は唇を噛みしめてうつむいた。

「お母さまのお気持ち、少しはわかっているつもりです。だからどうか、もう過去のことは水に流して、敏正をかわいがってやってください」

あやは離れようとしない敏正を抱き上げて母上の隣に歩み寄り、その膝に座らせた。

「敏正。うんとかわいがってもらいましょうね」

「あや……」

母上の目に光るものが見えたとき、これからは仲良くやっていけると確信した。

「父上。僭越《せんえつ》ですが、母上を大切になさってください」

父上の年代は妾も珍しくはなかったので、罪の意識もあまりなかっただろう。だけど、母上が苦しんだことは理解してもらいたい。

「そうですね」

「それと、私は息子です。敬語はおやめください」

父上の見栄っ張りが収まれば、これからも金銭の面で一橋家を支える覚悟はある。それでも、あくまで親子として交流していきたい。

「ありがとう、行基くん。そうさせてもらうよ」

わかってもらえてうれしかった。

それからしばらくすると敏正も緊張がほどけてきて、部屋の中を走り回るようになった。子供好きな孝義くんが相手になってくれるのを微笑ましく見ていると……。

「あっ！」

あやが大きな声をあげる。

敏正が障子に手を突っ込んで破ってしまった。

慌ててたしなめているあやの横に母上がスッと寄っていき、敏正を抱き上げる。

「敏正！　いけません！」

「いいのよ。子供はいたずらが仕事ですもの。あやも毎日のように破っていましたよ」

あれ、俺だけじゃなくあやもやっていたのか？

「えっと……」

言葉をなくして恥ずかしげにうつむくあやに、大きな笑いが起こる。

そんなお転婆で、だけど芯が強くて優しいあやを、これからも愛し続けると誓うよ。

「どうやら、血は争えないらしいな」

俺がそばに行きつぶやくと、あやは気恥ずかしそうに笑みをこぼし、敏正がキャキャッと声をあげた。

これは、とても幸せな休日の午後の話――。

完

あとがき

今回は明治時代を舞台にした恋物語でしたが、いかがでしたでしょうか。

明治時代は紡績業が盛んで、現存する大手繊維メーカーもこの頃立ち上げられたりしています。津田紡績は拙作『君を愛で満たしたい』で総合商社に変貌を遂げ、一ノ瀬の子孫が登場しますのでそちらもお楽しみいただけるとうれしいです。


私は日本史が好きだったのですが、それも明治維新くらいまで。その後はただの暗記科目になってしまい、嫌々勉強していた気も。ですが今回この作品を書くにあたり様々なことを調べて、とても興味深い時代だったんだなと考えを改めました。

明治時代はまだまだ生まれた瞬間に身分が決まり、努力ではどうにもならない壁もあったようです。恋愛に関しては、上流階級にはあまり自由がなく、それゆえ恋人同士での心中が多発。また明治初期は妾の存在が戸籍に記されるなど公認されていた存在でした。私たちの感覚からするとなんとも複雑ですね。出産に関しては、出血を伴うため穢れるということで、産屋や納屋などに隔離され行われたようです。ですから、行基のように立ち会う男性はまれでした。今でさえ命がけなのに医療が発達していないこの時代、母子ともに命を落とすことも珍しくはないという状況にもかかわらず隔離までされるなんて。現代に生まれてよかったとつくづく感じています。

そんな時代に愛を貫くことができたあやと行基。出会いから結婚、はたまた章子の一件まで複雑な事情がありながらも、幸福な例だったのかもしれません。どんな時代でも、誰かを愛することや大切に想うことは共通して尊い感情のはずなのですが、それを貫くのに命がけであったり、あきらめるしかなかったり……。人が歩んできた長い歴史には、さまざまなドラマが隠されています。この物語はフィクションですが、明治時代を感じていただける一作になっているといいなと思います。

最後になりましたが、本作品の出版にご尽力くださいました担当の中尾さま、福島さま、そして妹尾さま。スターツ出版の皆さま。素敵なイラストをつけてくださいました篁ふみさま。この作品をお手に取ってくださいました皆さまにお礼申し上げます。

佐倉《さくら》伊織《いおり》

佐倉伊織先生への
ファンレターのあて先

〒104-0031
東京都中央区京橋1-3-1
八重洲口大栄ビル7F
スターツ出版株式会社　書籍編集部　気付

佐倉伊織先生

本書へのご意見をお聞かせください

お買い上げいただき、ありがとうございます。
今後の編集の参考にさせていただきますので、
アンケートにお答えいただければ幸いです。

下記URLまたはQRコードから
アンケートページへお入りください。
http://www.berrys-cafe.jp/static/etc/bb

明治蜜恋ロマン

～御曹司は初心な新妻を溺愛する～

2018年10月10日　初版第1刷発行

著　者　佐倉伊織
©Iori Sakura 2018

発 行 人　松島 滋

デザイン　カバー　北國ヤヨイ（ムシカゴグラフィクス）
フォーマット　hive & co.,ltd.

D T P　久保田祐子

校　正　株式会社 文字工房燦光

編集協力　妹尾香雪

編　集　中尾友子　福島史子

発 行 所　スターツ出版株式会社
〒104-0031
東京都中央区京橋1-3-1　八重洲口大栄ビル7F
TEL　販売部　03-6202-0386（ご注文等に関するお問い合わせ）
URL　https://starts-pub.jp/

印 刷 所　大日本印刷株式会社

Printed in Japan

ISBN 978-4-8137-0548-2　C0193

ベリーズ文庫 2018年10月発売

『極甘同居～クールな御曹司に独占されました～』　白石《しらいし》さよ・著

メーカー勤務の柚希はある日、通勤中のケガを助けてくれた御曹司の高梨の高級マンションで介抱されることに。彼は政略結婚相手を遠ざけたい意図から「期間限定で同棲してほしい」と言い、柚希を家に帰そうとしない。その後、なぜか優しくされ、「我慢してたが、お前がずっと欲しかった」と甘く迫られて…!?

ISBN 978-4-8137-0542-0／定価：本体640円＋税

『うぶ婚～一途な副社長からの溺愛がとまりません～』　田崎《たさき》くるみ・著

OLの日葵は勤務先のイケメン副社長、廉二郎から突然告白される。恋愛経験ゼロの彼女は戸惑いつつも、強引に押し切られてお試しで付き合うことに。クールで皆から恐れられている廉二郎の素顔は、超〝溺甘彼氏〟!?　優しく抱擁してきたり「今夜は帰したくない」と熱い眼差しを向けてきたりする彼に、日葵はドキドキさせられっぱなしで…？

ISBN 978-4-8137-0543-7／定価：本体650円＋税

『契約妻ですが、とろとろに愛されてます』　若菜《わかな》モモ・著

OLの柚葉は、親会社の若きエリート副社長・琉聖に、自分と偽装婚約をするよう突然言い渡される。一度は断るも、ある事情から、その契約を条件つきで受けることに。偽りのはずが最高級の婚約指輪を用意され、「何も心配せず甘えてくれ」と、甘い言葉を囁かれっぱなしの超過保護な生活が始まって…!?

ISBN 978-4-8137-0544-4／定価：本体650円＋税

『御曹司と婚前同居、はじめます』　花木《はなき》きな・著

平凡女子の美和は、ある日親の差し金で、住み込みで怪我をしたイケメン御曹司・瑛真の世話をすることに。しかも瑛真は許婚で、結婚を前提とした婚前同居だというのだ。最初は戸惑うが、イジワルに迫ったかと思えば執拗に可愛がる瑛真に、美和はタジタジ。日を増すごとにその溺愛は加速するばかりで…!?

ISBN 978-4-8137-0545-1／定価：本体630円＋税

『仮初めマリッジ～イジワル社長が逃してくれません～』　雪永千冬《ゆきながちふゆ》・著

モデルを目指す結衣は、高級ホテルのブライダルモデルに抜擢！　チャンスをものにしようと意気込むも、ホテル御曹司の常盤に色気がないとダメ出しされる。「恋の表現力を身に着けるため」と強引に期間限定の恋人にされ、同居することに!?　24時間体制の甘いレッスンに翻弄される日々が始まって…。

ISBN 978-4-8137-0546-8／定価：本体640円＋税

タイトル、価格等は変更になることがございますのでご了承ください。

ベリーズ文庫 2018年10月発売

『華雪封神伝～純潔公主は、堅物武官の初恋を知る～』 灯乃《とうの》・著

62人の側室を持つ好色皇帝の嫡子である公主・華雪は、唯一の同腹である弟を溺愛し、のんびりと暮らす日々。ところがある日、何者かの仕業で結界が破られ、なんと皇帝は神の呪いによって美幼女になってしまう!?　呪いを解くため、華雪は将軍の一人息子・陵威と波乱万丈な旅をすることになって…!?

ISBN 978-4-8137-0549-9／定価：本体620円＋税

『次期国王は初恋妻に溺れ死ぬなら本望である』 一ノ瀬《いちのせ》千景《ちかげ》・著

公爵令嬢のプリシラは、王太子の許嫁として花嫁教育を受けてきた。ところが、結婚パーティー当日、なんと彼が失踪してしまい、急遽代わりに第二王子であるディルが、プリシラの結婚相手に。「お前には何も望まない」と冷たく突き放されるプリシラだったが、言葉とは裏腹な彼の優しさに惹かれていき…。

ISBN 978-4-8137-0547-5／定価：本体640円＋税

『明治蜜恋ロマン～御曹司は初心な新妻を溺愛する～』 佐倉《さくら》伊織《いおり》・著

時は明治。没落華族の令嬢であるあやは、日本経済をけん引する紡績会社の御曹司・行基と政略結婚することになる。愛のない新婚生活…そう思っていたのに、行基はあやを宝物のように大切にし、甘やかしてくる。「待てない。あやが欲しい」――初めて知る快楽に、ウブなあやは心も体も溺れていき…!?

ISBN 978-4-8137-0548-2／定価：本体650円＋税

タイトル、価格等は変更になることがございますのでご了承ください。

ベリーズ文庫 2018年11月発売予定

『しあわせ食堂の異世界ご飯2』 ぷにちゃん・著

Now Printing

料理が得意な平凡女子が、突然王女・アリアに転生!? ひょんなことからお料理スキルを生かし、崖っぷちの『しあわせ食堂』のシェフとして働くことに。アリアの作る絶品料理は冷酷な皇帝・リントの胃袋を掴み、彼の花嫁候補に!? 幸せいっぱいのアリアだったが、強国の王女からお茶会の誘いが届いて…!?

ISBN 978-4-8137-0568-0／予価600円＋税

『皇帝陛下の花嫁公募』 水島《みずしま》 忍《しのぶ》・著

Now Printing

没落貴族令嬢のリゼットは、皇帝陛下・アンドレアスの皇妃となって家計を助けるべく、花嫁試験に立候補する。ある日町で不埒な男に絡まれ、助けてくれた傭兵にキスされ、2人は恋に落ちる。実は彼は身をやつしたアンドレアス本人！ そうと知らないリゼットは、彼のアドバイスのお陰で皇妃試験をパスするが…。

ISBN 978-4-8137-0566-6／予価600円＋税

『私の下僕～孤高の美騎士は伯爵令嬢を溺愛する～』 朧月《おぼろづき》あき・著

Now Printing

辺境伯令嬢のソフィアは正義感がある女の子。子供のころから守ってくれている騎士団長のリアムは同士のような存在だった。年頃になったソフィアは政略結婚させられ、他国の王子の元に嫁ぐことに。護衛のためについてきたリアムに「俺が守る」と抱きしめられ、ドキドキが止まらなくなってしまい…。

ISBN 978-4-8137-0567-3／予価600円＋税